UNI MULTI PLICI DADE
à deriva

José Fábio da Silva
Rondinelli Linhares
Solemar Oliveira

UNI MULTI PLICI DADE à deriva

ns

São Paulo, 2020

Unimultiplicidade à deriva
Copyright © 2020 by Solemar Oliveira,
José Fábio da Silva e Rondinelli Linhares de Oliveira.
Copyright © 2020 by Novo Século Editora Ltda.

EDITOR: Luiz Vasconcelos
COORDENAÇÃO EDITORIAL: Silvia Segóvia
PREPARAÇÃO DE TEXTO: Bel Ribeiro
REVISÃO: Viviane Akemi
ILUSTRAÇÕES: Rondinelli Linhares
CAPA: Plinio Ricca
DIAGRAMAÇÃO: Rebeca Lacerda

Texto de acordo com as normas do Novo Acordo Ortográfico da Língua Portuguesa (1990), em vigor desde 1º de janeiro de 2009.

Dados Internacionais de Catalogação na Publicação (CIP)
Angélica Ilacqua CRB-8/7057

Oliveira, Solemar
  Unimultiplicidade à deriva / Solemar Oliveira, José Fábio da Silva, Rondinelli Linhares. -- Barueri, SP : Novo Século Editora, 2020.

  ISBN 978-65-5561-043-7

  1. Contos brasileiros I. Título II. Silva, José Fábio da III. Linhares, Rondinelli

20-3489   CDD B869.8

Índice para catálogo sistemático:
1. Contos brasileiros   B869.8

GRUPO NOVO SÉCULO EDITORA LTDA.
Alameda Araguaia, 2190 – Bloco A – 11º andar – Conjunto 1111
CEP 06455-000 – Alphaville Industrial, Barueri – SP – Brasil
Tel.: (11) 3699-7107 | Fax: (11) 3699-7323
www.gruponovoseculo.com.br | atendimento@novoseculo.com.br

Nota dos autores

Apresentação, abertura, nota dos autores ou qualquer coisa que se queira nomear, este texto poderia ser mais um dos contos do presente livro. Só não o é porque, apesar de ser algo inicial, marca o término de todo um trabalho. Carrega em si o sentimento de dever cumprido.

Criar unidade em um trabalho coletivo requer paciência, traquejo, perseverança e obstinação. Cada texto da coletânea apresentada nas páginas adiante exigiu da trindade autoral doses de verdade, comprometimento e respeito ao texto e às idiossincrasias, elementos cruciais para que o resultado final se mostre coeso e único.

Os minicontos deste livro são singulares em sua concepção e amplos em seus temas. A única restrição permitida, pelos autores, durante o processo de criação foi que a tempestade de ideias e as divagações, características de qualquer mecanismo de criação fossem individuais, íntimas e pessoais. Ao final de cada tríade tínhamos, enxutos e prontos, carecendo apenas de correções ortográficas, consolidada aquela etapa particular. Num ciclo, que se estendeu por meses, divertidos meses, mantivemos essa rotina, interrompida e quebrada quando escolhíamos os títulos, momento em que debatíamos abertamente. Dizemos tudo isso para sintetizar uma pequena frase sobre os textos deste livro: cada conto é autoral e exclusivo, pertence ao seu autor, mas conecta-se com os outros por meio de uma palavra-chave, que surge em maiúsculas. Ela é a ponte que une a criatividade dos três autores.

Sumário

Unimultiplicidade • 11

Memento mori • 12

O segredo • 13

O jardim do bem e do mal • 15

Falta de paradeiro • 17

Red room • 19

Daniel na cova dos leões • 21

Entrelaçamento • 22

O presente • 24

O curioso caso de Margarete Ramos • 25

Tudo sobre minha mãe • 27

A herança • 29

O curandeiro • 30

Filhos do câncer • 32

Diálogo • 34

Falência múltipla • 36

O hormônio de Maxwell • 39

Um dia perfeito • 42

Torre de Babel • 45

Ipsis litteris • 48

Cumprimento • 51
E o verbo se fez carne • 52
MacGuffin • 55
Objetivo • 58
A cidade branca • 59
Seres místicos, Direito Penal e um cigarro aceso • 60
Betty, a feia • 62
Rubro noturno • 63
O sexto dia • 66
Overdose • 68
Buraco • 69
A cura • 71
A resposta • 72
Natividade • 73
Casos de família • 75
Inquisição • 78
Epaminondas • 80
O rio às margens do humano • 82
Insepulto • 85
O buraco • 86
De mãos vazias • 91
Cooperativa • 93
O conquistador • 95
A ponte • 97
Golias • 99
A outra • 101

Era sábado • 104
Maldição • 106
A aula • 107
Falso positivo • 109
O acordo • 111
Os noivos • 113
Pedra do tempo • 114
Camélia • 116
A queda • 118
O diagnóstico • 120
Instante • 122
A estrada • 123
Wicca S.A. • 125
Receita secreta • 127
A descoberta da monstruosidade • 128

À deriva • 129

Unimultiplicidade

Memento mori

Após a cirurgia não lembrava mais quem era. Era um estranho nos cômodos pouco familiares do que diziam ser a sua casa. Os discos, REVISTAS e jornais velhos espalhados pelo lugar também não refletiam o que não sabia ser o seu bom ou mau gosto. Voltou ao médico. Queria detalhes de sua amnésia. Fizera apenas um transplante de coração, sua cabeça estava em ordem. A única recomendação médica foi tomar rigorosamente a medicação receitada. Sem uma vida a ser revista, decidiu destruir a casa e tudo mais. O coração novo lhe abriu a possibilidade de um futuro promissor. Os remédios que arderiam em meio às chamas disseram o contrário.

O segredo

Achavam-na estranha. Todos. Não sabiam que estranheza ela guardava ou trazia dentro de si. Impossível dar nome àquilo que inquietava de tão real e abstrato que era.

Nunca dera certo com alguém antes, até que ela e ele se conheceram. E ele, que qual os anteriores inquietava-se com aquele algo dela que existia e desconhecia, teve então a ideia de dia após dia prosseguir a REVISTA, detalhada e ininterrupta. Atitude inútil que, ao final, nunca permitira desvendar aquilo que os outros também nunca puderam.

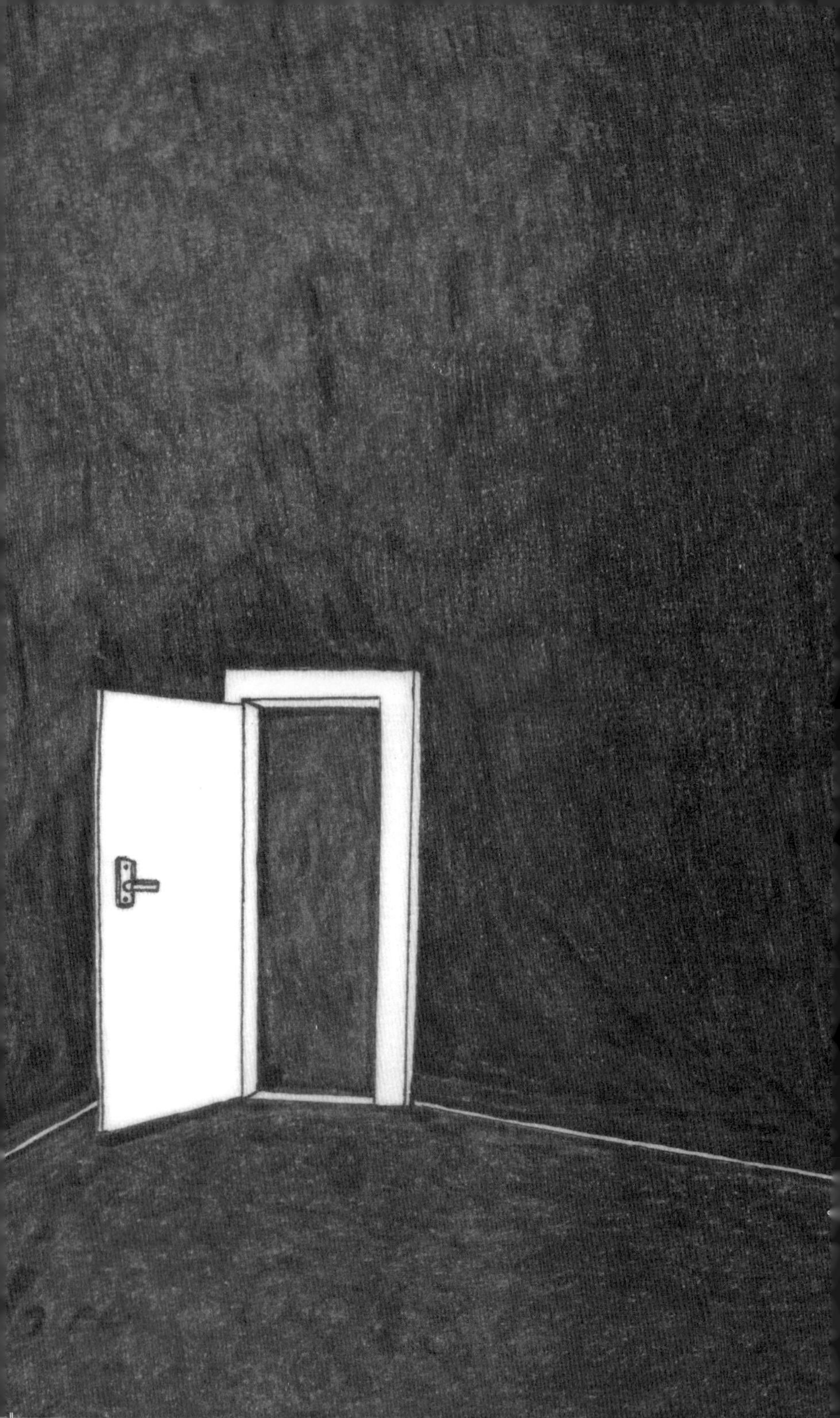

O jardim do bem e do mal

Com o pouco que entendia de espanhol, Sujiro leu em uma REVISTA argentina que poderia morar no Jardim Japonês por alguns dias. Era necessário apenas provar sua descendência nipônica. Com ele, meia dúzia de outros japoneses também se instalaram no Jardim. Na virada da primeira noite foram acordados pelos organizadores e conduzidos ao restaurante. Não se preocuparam, a ajuda viria de forma mais generosa do que supunham. No novo dia que se iniciou, as portas do glorioso Jardim Japonês foram abertas ao público. Turistas de todos os lugares do mundo. O restaurante, uma das atrações mais concorridas do parque, logo estaria lotado. O cardápio de hoje oferecia a opção de um prato inédito.

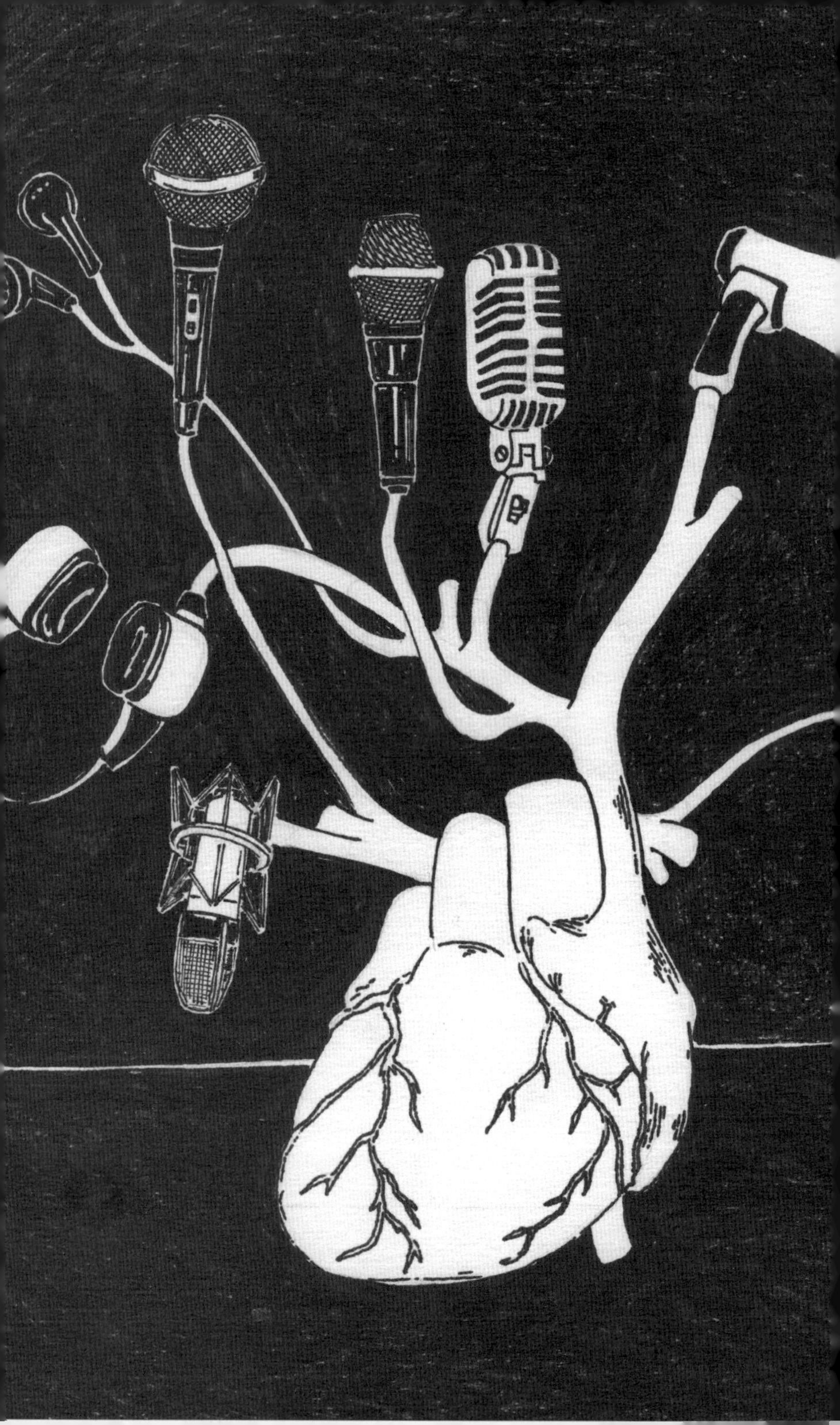

Falta de paradeiro

Ícaro N. sofria de uma rara condição: dessincronia êxtase sensorial. Tinha, literalmente, a visão no futuro, o paladar e o olfato no passado e o tato e a audição no presente. Ao ser concebido, contemplou o próprio nascimento. Ao nascer, assistia à velhice dos pais. Sons e sensações divergiam com o futuro PANORAMA de, ao menos, meio século diante de seus olhos. A cena do velório de sua mãe veio à tona no dia em que sentiu pela primeira vez o gosto do leite materno e ouviu dela um conselho que jamais esqueceria. A pele macia de Ana C., sua primeira namorada, e a música escolhida contrastavam com as rugas que saltavam em sua face e com a memória distante da visão daquele momento. Aquele perfume o inebriaria anos depois.

Viu a ascensão e queda de grandes corporações e soube fazer fortuna com isso. Antecipou todos os passos da sua vida. Sabia o dia, lugar, horário e circunstância de cada evento à sua frente. Só não sabia escolher restaurantes.

Testemunhou a própria morte e, apesar dos inúmeros pedidos, recusou-se a contar se continuava a ver algo depois de seu futuro fim. Quando tal dia chegou, para a surpresa de todos, dispensou os ritos fúnebres. Colocou uma música de outrora e sentiu o gosto de seu primeiro beijo pela última vez.

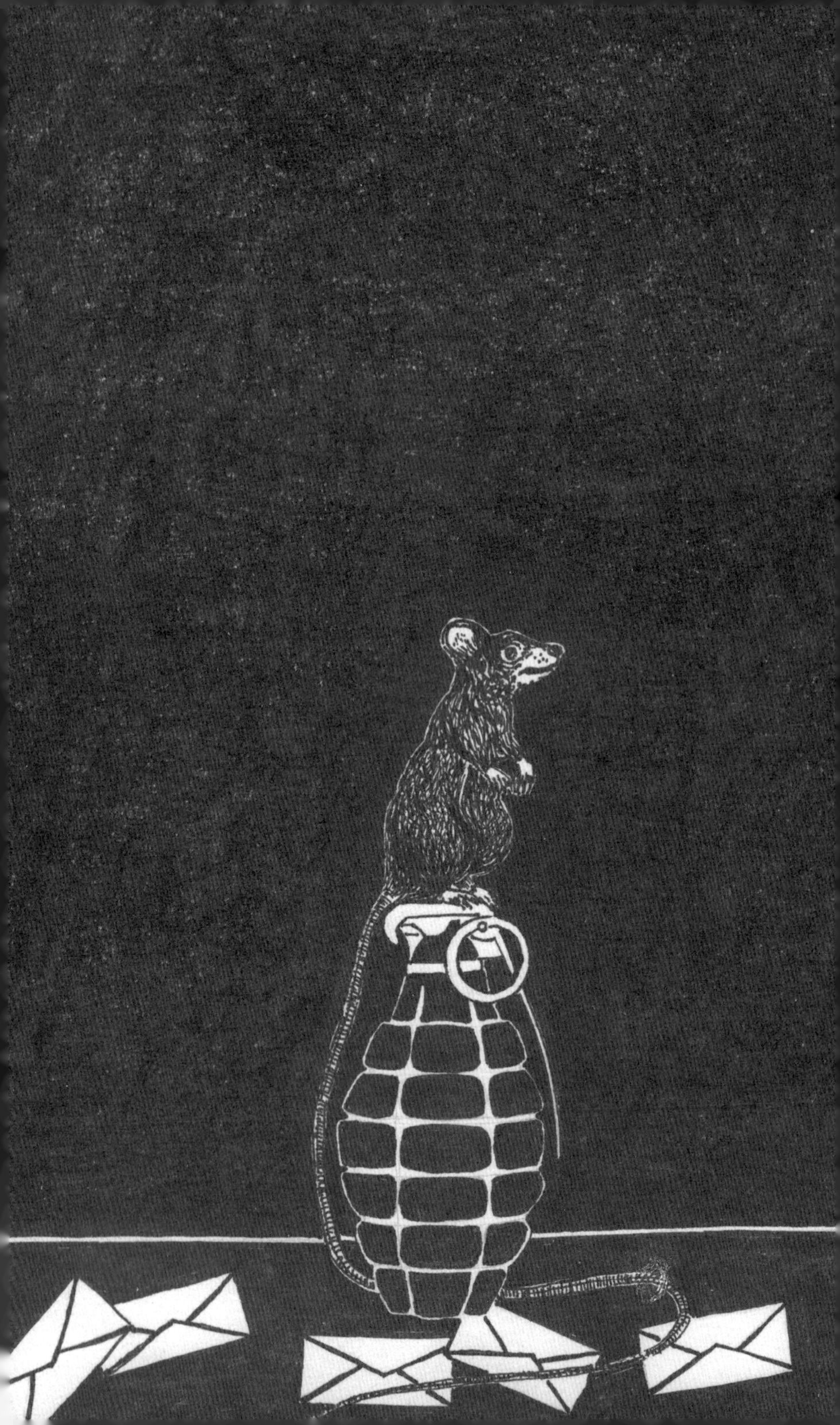

Red room

Seus requintes de crueldade subiam de nível a cada dia.

O tablado erguido em altura superior à da cama, para seu deleite, toda noite lhe dava um detalhado PANORAMA da dor do outro. Com isso, do tablado-camarote ele, sem precisar se tocar, chegava a múltiplos orgasmos.

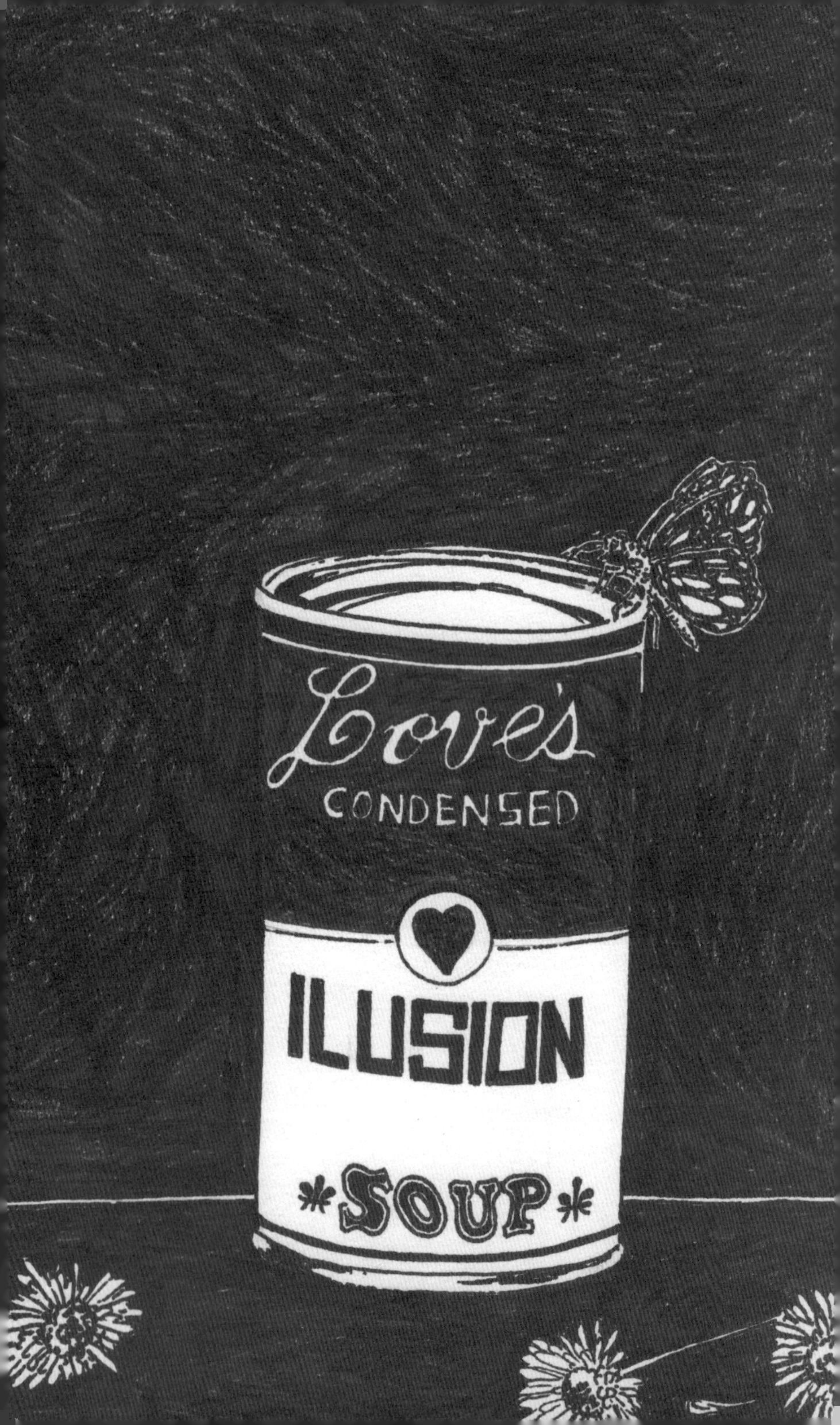
Love's
CONDENSED
ILUSION
SOUP

Daniel na cova dos leões

Agora que estou não sei. Coloque mais um tijolo do lado esquerdo. Não pendure suas luvas no cabide fraco. Zeca tem aula hoje à tarde e entra às 14 horas. Não é comum, mas a velha disse que pode ser uma novidade no estômago da professora nova. Por isso vai ao médico. Tem menino que, por pressa, precisa se distanciar da aritmética e procurar as letras. Abadia voltou mais cedo da feira e trouxe caquis demais e pouca abobrinha. Os meninos detestam os dois. Ela vai pedir adiantamento e João não suporta ouvi-la reclamar que falta leite no refrigerador. Ela trabalha no pátio enquanto a turma come o almoço e depois vem sozinha para um canto quieto da casa e finge não gostar da refeição. O jardineiro deixou-nos perceber que sente amor por Abadia. Amor de carne. Dá para ver o volume do coração alterado e os olhos frenéticos, sem piscar, quando vista no balcão arrumando a sujeira que os meninos deixaram depois do café.

Nesse contexto, nesse PANORAMA, realmente não sei. Provavelmente não estou e não sei. Não sei dos acasos da vida e do amor.

Entrelaçamento

Gêmeas idênticas, Lisa e Louise, foram separadas logo após o nascimento. Desconheciam a existência uma da outra. Ainda assim, estavam de alguma forma conectadas: vivências e aprendizados eram compartilhados simultaneamente. Uma delas se tornou uma artista de CIRCO, vivia perambulando pelo mundo e tinha conhecimentos profundos de engenharia aeroespacial e filmes B das décadas de 1930-40. A outra, por sua vez, tinha uma enorme habilidade para falar em público e conhecia uma infinidade de truques de mágica e malabares, apesar de viver reclusa em seu quarto a maior parte da vida.

Conheceram-se no dia em que ambas foram acusadas de cometer um crime. Apesar de alegarem inocência, as duas sabiam detalhes sobre o ocorrido. Testemunhas não souberam diferenciar uma da outra. A própria vítima, atônita, ficou confusa. Amigos de uma delas atestaram o álibi, mas não souberam apontar quem era quem. Em dado momento, nem elas mesmas sabiam dizer se eram culpadas ou inocentes. Louise não sabia se era uma artista reclusa ou apenas sonhava uma vida de aventuras. Lisa tinha a mesma dúvida.

O delegado responsável pelo caso escolheu aleatoriamente quem seria a culpada e dispensou a outra. Sem saber ao certo quem era ou para onde iria, a gêmea liberta desejou profundamente o cárcere. Fazer uma escolha mostrou-se a mais cruel das condenações possíveis naquele momento.

O presente

Cromado, reluzente e com uma única bala no tambor, o Taurus de calibre 38. Um 3x4 branco e preto que mal revelava a silhueta de um homem. Igualmente desbotada, uma foto em que o que ainda havia de nítido era a imagem externa de um velho CIRCO. Tudo isso dentro da pequena e velha caixa de madeira crua que, às vésperas de sua morte e no dia do aniversário do filho, a senhora lhe dera como resposta à antiga e insistente pergunta: "Quem é o meu pai?!?".

O curioso caso de Margarete Ramos

Quando o CIRCO chegou à cidade não causou alarde. Não foi uma grande sensação entre as pessoas. Foi se instalando devagar. No passado, quando visitou aquela mesma cidade, fora recebido com grande euforia. Uma festa. A novidade contagiou os moradores, que participaram com imensa satisfação de todas as apresentações. Dessa vez apenas uns curiosos dedicaram escassos minutos para observar a arrumação de tudo. A grande lona ser erguida. Os malabaristas treinando no gramado. O mágico medíocre testando os truques mais eficazes. E repararam de relance num macaco meio nervoso, agitado, numa jaula largada a certa distância dos caminhões, ainda carregados. Não viram outros animais além desse. Talvez o macaco fosse a versão monstro da mulher que se transforma, a mulher-macaca, versão animal ainda mais sinistra da famosa dupla Jekyll e Hyde. Uma macaca que nem de longe lembrava a parceira sexual de Portnoy. O animal, já na primeira apresentação do circo, não estava entre as atrações.

A madame Margarete Ramos foi presa numa tarde quando furou uma blitz policial com um carro roubado. Está trancada na delegacia e se recusa a falar, telefonar para alguém e a comer. O carcereiro tentou de tudo para fazê-la dizer algo e depois insistiu que comesse alguma coisa. Nada! A mulher é uma loira alta, de mais ou menos um metro e setenta e cinco de altura, estranhamente branca, muito bela e de fisionomia carregada, extremamente séria. Depois de alguns dias, preocupado com a saúde da moça, arriscou oferecer tipos bem diferentes de comida. Ela recusou todas. Por fim, tentou um cacho de bananas. Margarete aceitou e, pela primeira vez desde o dia em que foi presa e começou seu amargurado confinamento, sorriu satisfeita.

Tudo sobre minha mãe

"Toda estrela quer atenção, por isso brilha tanto. Eu sou uma estrela, Chuck, eu quero brilhar." Eu tinha quatro anos quando ela foi embora. Queria ser atriz e partiu em busca de seu sonho. O tempo passou e eu esqueci o seu rosto, mas não aquela frase cafona de despedida. Tudo que restou dela foi um ALL STAR cor-de-rosa também cafona. Na adolescência me tornei fã, como era de se esperar, de filmes pornográficos. Taylor Basket era a minha atriz favorita. Passava horas assistindo aos seus filmes e fazendo você sabe o quê... Um dia meu pai achou a minha coleção e confiscou os filmes dela. Não entendi o motivo, o certo era confiscar todos ou nenhum. Certas atitudes dele eram incompreensíveis.

Semana passada recebi uma carta. Era da minha mãe. Voltaria em breve. "Converse com um psiquiatra sobre isso", meu pai me aconselhou. Certas palavras dele eram incompreensíveis. Ela chegou hoje de manhã. Não disse nada sobre os anos que esteve fora. Resolvi, então, seguir o conselho do meu pai. Sabe, doutor, eu não pretendo matá-lo ou me cegar, mas não sou mais fã de cinema. Devolvi os tênis dela. O All Star que te falei. Ao menos ela conseguiu se tornar uma atriz famosa. Eu te falei que eles eram cor-de-rosa?

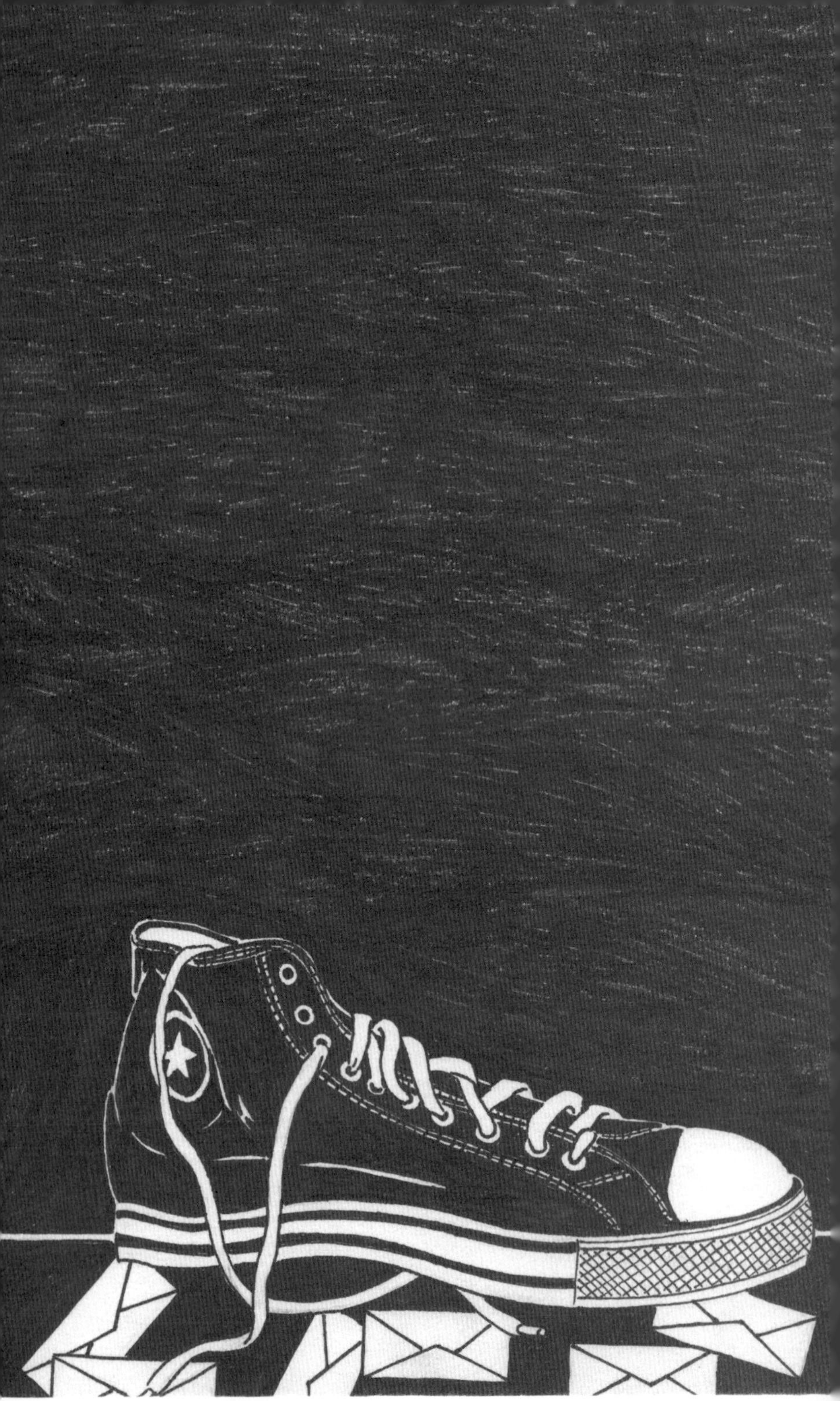

A herança

De cada um herdei um hábito, um objeto, um comportamento ou uma predileção.

De um, herdei o gosto por aquele amadeirado Yves Saint Laurent.

De outro, adquiri a nervosa mania de roer as unhas e os dedos.

Hoje, obtive a notícia de sua morte e, junto deste trágico anúncio, recebi o velho e gasto par de ALL STAR vermelho que era seu tênis favorito.

O curandeiro

O infalível método do doutor Almeida consistia em misturar algumas ervas numa proporção sistemática apenas por ele conhecida. Existia uma regra fundamental: o doente tinha que pagar adiantado. A antessala do consultório começava a encher logo após sua abertura, às 8 horas da manhã. Depois de conversar por cerca de 20 minutos com cada paciente, indicava a receita de sua famigerada poção que deveria ser seguida com rigidez militar. No final do dia, desfilava pelo corredor da sua clínica um corpo esguio torto de aviar receitas sentado o dia inteiro atrás de sua escrivaninha de madeira real. Caminhava desfilando as calças jeans muito largas, o jaleco alvo impecável e o ALL STAR verde-turquesa, o que poderia certamente ser definido como uma idiossincrasia. Numa segunda-feira chuvosa não foi trabalhar. Convalescia de uma doença que o acometera no final de semana. Tomou medicamentos potentes, de recentes fármacos industriais, que um colega médico prescreveu para sua enfermidade e notou que os resultados foram excelentes. Na terça-feira bem cedo já desfilava pelo consultório a brancura radiante de seu jaleco bem cortado e seu tênis cafona. Intensificou as doses da sua poção para seus pacientes e aumentou o valor. Justificou que curar um mal instalado, para garantir uma qualidade de vida digna, é algo profundamente importante.

Filhos do câncer

Em um futuro próximo, logo após os primeiros seres interestelares estabelecerem contato, a descoberta de um pequeno lagarto abalará os cientistas. Esse espécime será datado como um dos mais antigos habitantes do planeta e, obviamente, como um especialista em camuflagem. Uma característica em especial despertará a atenção de todos: sua incrível capacidade de regeneração. Isso o torna praticamente imortal. Quando está velho, debilitado ou gravemente ferido, o miúdo réptil concentra todas as suas mazelas na cauda e depois a solta. A cauda "morre", mas seu dono permanece novo em folha. Isso garante sua longevidade.

Os humanos enxergarão ali a chance de descobrir o elixir da vida eterna. Não conseguirão. Como bônus encontrarão uma toxina capaz de eliminar células cancerígenas. Em menos de dez anos, a espécie que passou milênios no anonimato será quase extinta. Ou ao menos será o que pensarão. Com o intuito de preservá-la e por interferência alienígena serão construídos parques de proteção ambiental nos quais os humanos serão alocados.

Pouco tempo depois, descobrirão que a toxina presente no lagarto não curava o CÂNCER, apenas o camuflava. Os lagartos permanecerão um bom tempo no planeta.

Diálogo

Ele ri. Sua risada me desconserta. Sinto-me bobo, ridículo, estúpido. Mas, ainda rindo, ele diz que concorda comigo, que não gosta de John Green, mas que também adora a brilhante frase do jovem personagem fatalmente acometido pelo CÂNCER.

E se...?

Falência múltipla

Tenho vivido como em um romance à maneira de Sophie Calle em sua proposta à Vila-Matas, mas ligeiramente diferente. Apenas escolhi um romance para imitar e desenvolvo aspectos parecidos com os do personagem principal. Ontem, na orla, após o almoço, enquanto caminhava para almoçar no café das Rosas, uma velha vermelha, usando um longo vestido cigano, apontando para mim um dedo que suportava uma unha ridiculamente longa, me chamou para perto. Meio assustado atendi ao chamado. Fez-me abaixar para que minha orelha ficasse na altura de seus lábios e sussurrou demoradamente: CÂÂNNCEEEEER. Câncer? O som entrou pelo meu ouvido e logo contaminou minha coluna vertebral, meu coração e cérebro, e senti um frio terrível, uma dor nas articulações e uma coriza de gripe arrasadora. Afastei-me e segui meu caminho. Logo a noite chegou e percebi que não conhecia mais o lugar onde estava. Não conseguia retornar para a rua que me levaria ao meu apartamento, para o calor do meu lar, de minha esposa e meus filhos. Percebi que não era mais possível reproduzir os passos do personagem do romance escolhido para reprisar sistematicamente determinando minha vida e comportamento. Andei em círculos por horas e o mar soprava um vento frio que me embaçava a visão. Vagarosamente lembrei-me de que pouco tempo atrás estava deitado em um leito de hospital. Não caminhava mais e os que me amavam choravam ao redor da cama prantos sinceros e copiosos. A velha lembrou-me bem que não há cura! Agora caminho em círculos em um mundo de mortos e tenho que reproduzir, como no romance que li, de uma nova maneira, noutro contexto, a vida daquele outro, que desapareceu.

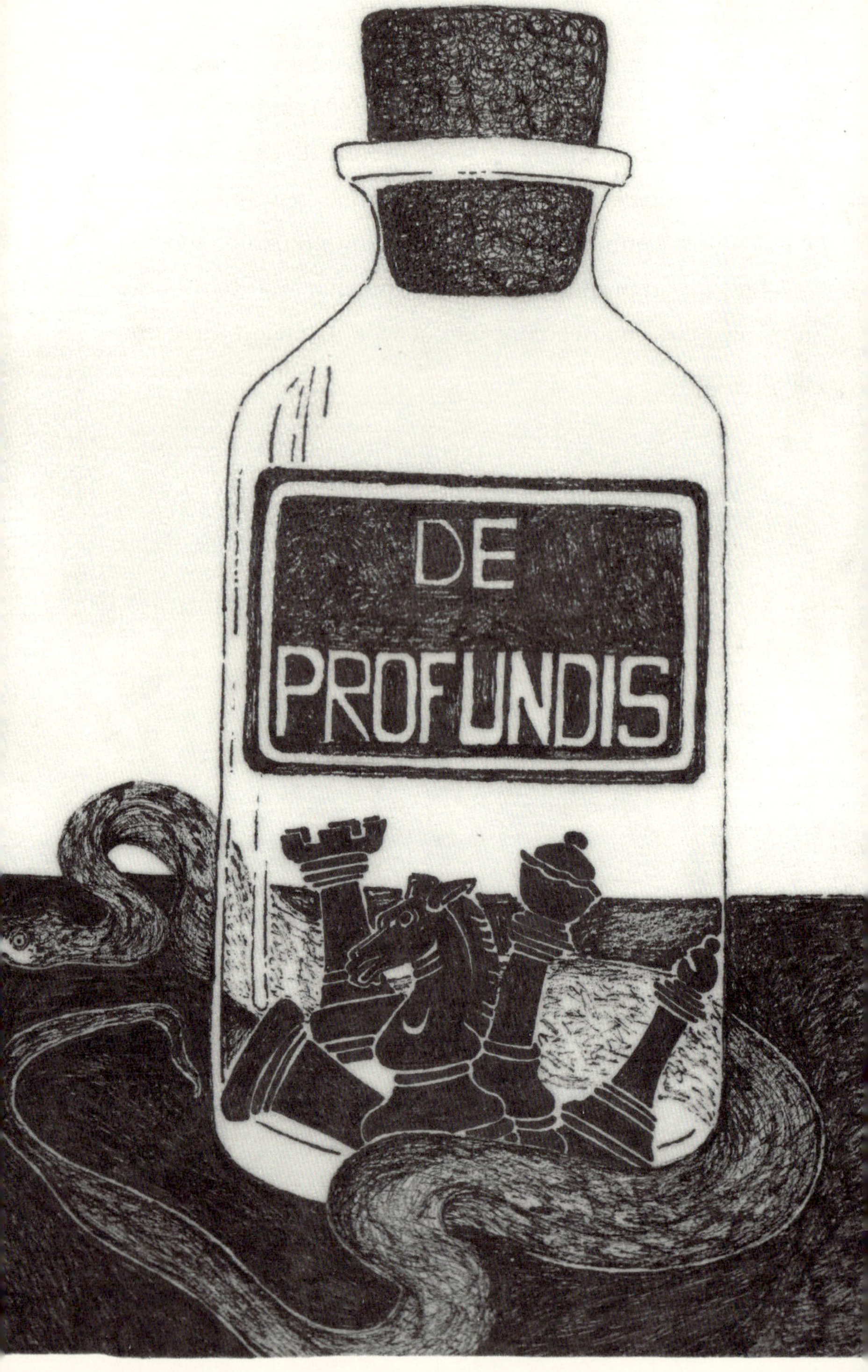
DE
PROFUNDIS

O hormônio de Maxwell

Em artigo publicado na *Scifience Magazine*, a doutora Jáquelin E. Ráid defende que

> [...] a mente humana é como uma caixa preenchida por neurotransmissores dividida em duas partes, uma inconsciente e outra consciente. Entre elas há uma 'portinhola' controlada pela atividade hormonal: um desejo inconsciente incita a produção de determinado hormônio e este afeta o comportamento e influencia na tomada de decisões. Se fosse possível induzir no inconsciente a produção de um hormônio específico, deixando passar ou barrando cada um de acordo com sua vontade, seria possível controlar os desejos e assim as ações de uma pessoa. Com os desejos destrutivos impedidos de virem à tona, seria o fim da maldade humana. (2016, p. 66)

A fim de provar a sua teoria e sob o risco de ser expulsa da comunidade científica, Jáquelin fez um experimento usando o próprio marido. Maxwell era um sujeito simpático e responsável a maior parte do tempo. Só não era perfeito, na opinião da doutora, devido ao apreço pela bebida e jogos de sinuca com os amigos. Sem o seu consentimento, ministrou uma fórmula contendo o equivalente químico do marido ideal. Ele se tornou o exemplar de um homem líder, responsável e do lar. Ráid só não previu que o inconsciente trancafiado viria à tona. Quando isso aconteceu, Maxwell mostrou O OUTRO lado de sua persona. Desde então, ou é anjo ou demônio, não mais humano.

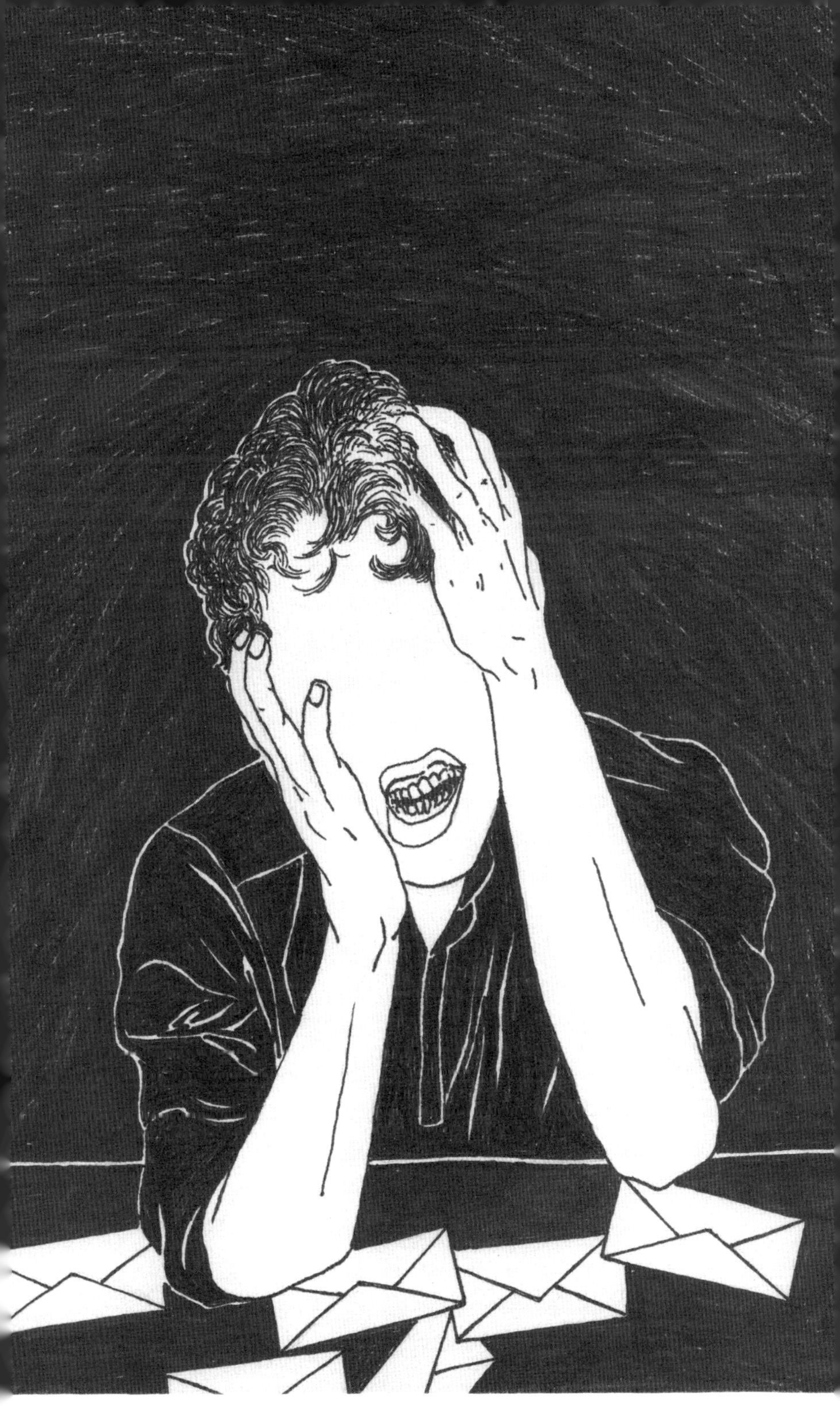

Um dia perfeito

Ao sair de casa olhara para o céu em agradecimento. Balbuciara uma quase prece de gratidão por ter um trabalho, uma casa e um amor.

Chegando ao trabalho fora de imediato encaminhado ao RH, onde lhe anunciaram seu desligamento. Com a recessão, tiveram de fazer alguns cortes e seu contrato fora um dos que não se havia renovado.

Ao menos ainda tenho uma casa, pensou, guardando no bolso a folha com o cálculo de seus míseros direitos trabalhistas. E, ao fechar a boca, eis que recebeu um telefonema do proprietário da casa em que morava de aluguel; o homem lhe anunciara que devia desocupar o imóvel porque todo aquele lote havia sido arrendado e o novo e futuro dono demoliria tudo ainda aquela semana.

Ainda bem que tenho um amor. Estou certo de que serei acolhido até que tudo chegue nos eixos e a vida retome seu rumo. Ledo engano: ao chegar à casa da namorada flagrara-a cavalgando feito uma amazona indomável sobre o membro ereto e tenso de um desconhecido.

De todo o catálogo de decepções vividos em um só dia, a de se descobrir sendo O OUTRO na vida daquela mulher foi a gota d'água.

Torre de Babel

Na Biblioteca Municipal da cidade de Coradi, uma das mais antigas e bem implementadas do mundo, existe um funcionário que, segundo contam, conhece todos os títulos dos livros de cor. Usa sua impressionante habilidade para auxiliar os leitores. Quem esteve com ele neste fantástico lugar isolado do movimento caótico da urbe, pois a biblioteca fica localizada a uma grande distância do centro da cidade, no alto de um morro cuja visão da planície é belíssima, conta que o velho conhecedor de livros é louco. Conversa sozinho e às vezes tem diálogos intermináveis e acalorados com esse fantasma que o acompanha e parece discordar sistematicamente de algumas de suas opiniões. O OUTRO, que é sua sombra e seu companheiro de colóquios intermináveis no interior labiríntico daquele mundo repleto de livros magníficos, é seu irmão gêmeo há muito falecido. Um antigo escritor que desistiu do mundo prematuramente e que era dotado da incrível capacidade de criar personagens verossímeis e maravilhosos. Em dias mais tranquilos o funcionário fica quase mudo, entristecido, ensimesmado. Alguns visitantes bem assíduos, que observam seu comportamento mais amiúde, dizem saber a razão de sua solidão. O que ocorre é que, cansado de suportar a voz insistente do irmão dentro da sua cabeça, o tranca, oportunamente, em algum dos milhares de romances que o cercam.

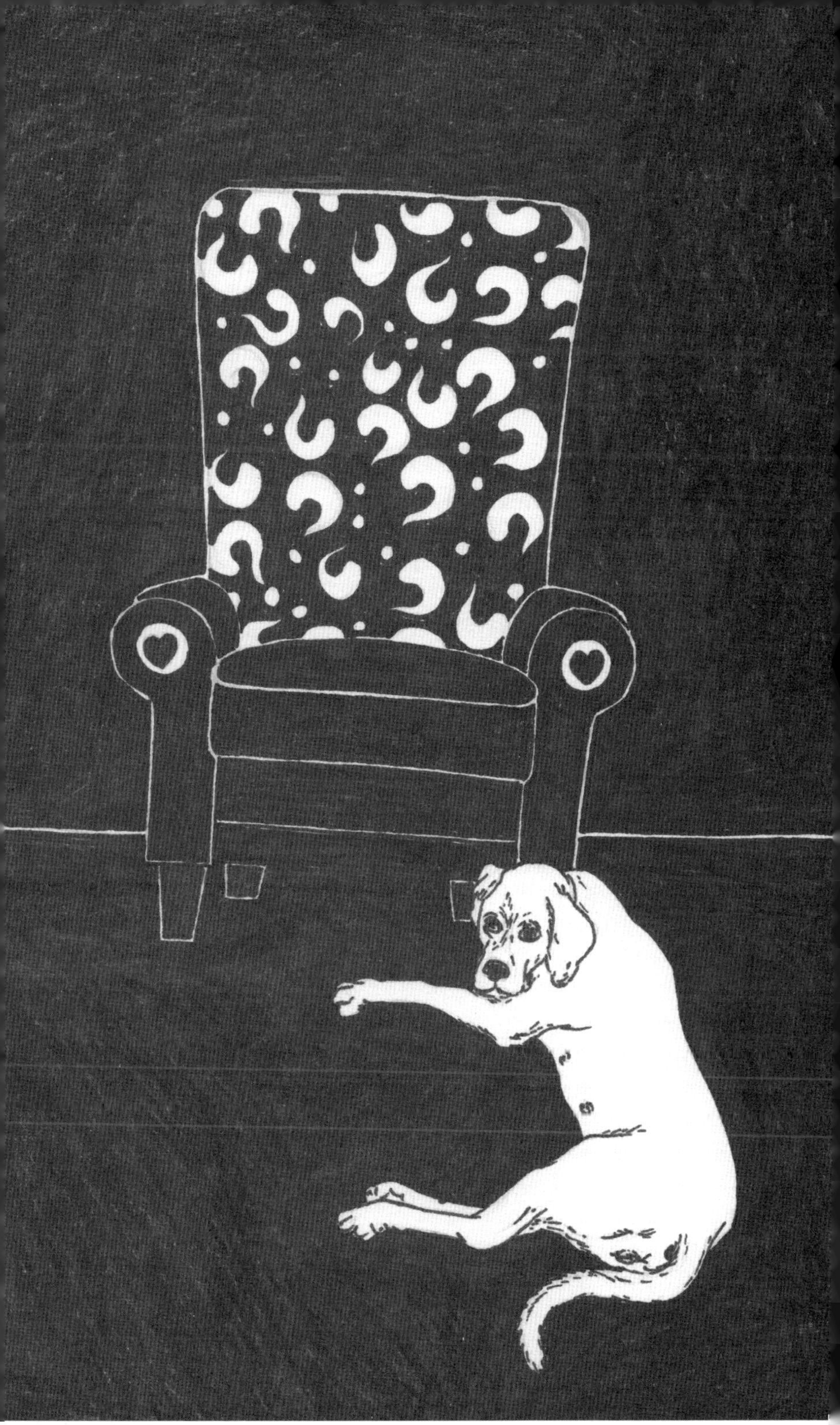

Ipsis litteris

Da sacada do hotel de luxo um mar soberbo se apresenta à sua frente. Corpos feitos sob encomenda passeiam pela orla. Ele mesmo fez alguns ajustes em si antes das tão sonhadas férias: corrigiu o que considerava imperfeito, rejuvenesceu a pele uns cinco anos, tonificou e definiu os músculos... Tudo em apenas uma sessão. A nanotecnologia faz milagres que a religião não consegue explicar. Recebe uma mensagem de sua esposa. Quer saber onde ele está. Acha estranha a pergunta. Ele está em casa. Ao menos era isso que todos deveriam pensar. Queria um momento só seu há anos. Longe de tudo e de todos de sua convivência diária. Para isso, contratou os serviços de uma clínica de clonagem. Pediu uma cópia idêntica de si. Fez um backup da sua memória e instalou no novo ser. Cada gesto, cada PALAVRA, cada ação deveria refletir o original. O clone ficaria em seu lugar, ao passo que ele aproveitaria seu momento consigo mesmo. "O que deu errado?"

Enquanto tenta entender o ocorrido, avista da sacada a si mesmo caminhando na orla. Desce e intercepta a cópia traidora. "Estou realizando o meu sonho", disse o replicante. "Não é o seu sonho, é o meu sonho", respondeu, irado. "Tenho o seu DNA, tenho as suas memórias; logo, também os seus desejos." Dito isso, o clone deu as costas e o abandonou sem explicação. Sem alternativas, volta para casa e para suas responsabilidades. O replicante realizou os seus sonhos. O plano certo, maneira errada. Viva os sonhos.

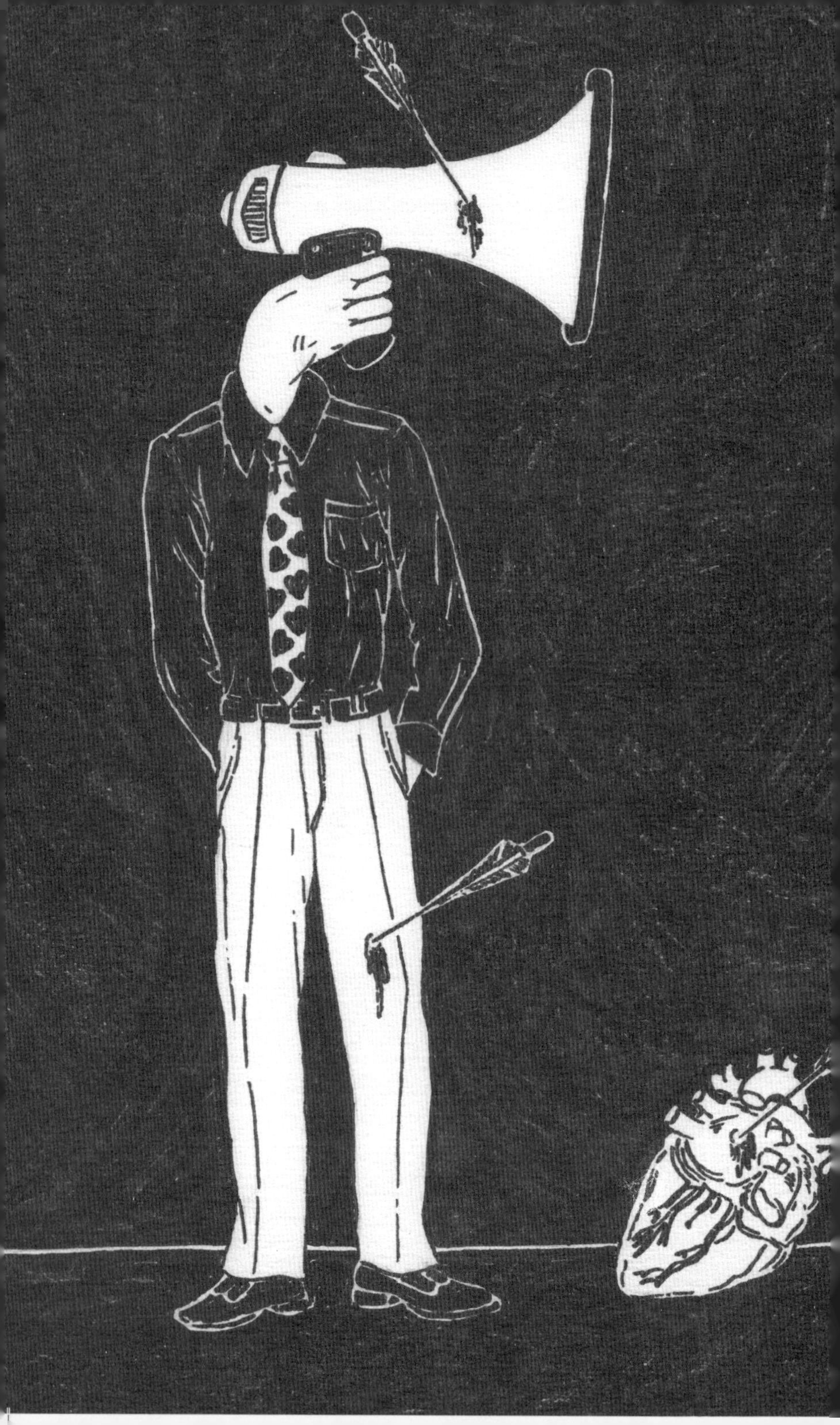

Cumprimento

Crescera ouvindo o pai dizer que tudo o que um homem promete há de ser cumprido.

Então, certo dia dissera que, se seu time perdesse, sairia de calcinha na rua. Como o time perdeu de lavada, no mesmo dia lá estava ele travestido e quase desnudo, exposto ao ridículo, classificado como louco pelos amigos e parentes e vizinhos.

E de jura em jura fora vivendo as situações mais insólitas que se possa imaginar, tudo em nome de um honrado cumprimento.

A última e mais absurda instância a que se submetera fora o ato de (em nome do cumprimento de mais uma promessa ou propósito) comer merda. Hoje está morto. Mas, há muito que todos se lembram dele como um legítimo homem de PALAVRA.

E o verbo se fez carne

Quando chegaram ao topo da montanha olharam para o mundo verde que deixaram embaixo. A subida levou dias. Sofreram com o calor e às vezes com a chuva. O grupo estava massacrado. Esperavam encontrar a aldeia de selvagens intocada. Era uma expectativa criada por outros que influenciaram a expedição. Uma comunidade isolada, alheia à civilização, dominada por uma cultura nunca vista, nunca experimentada, nunca sequer imaginada. Os mais corajosos se adiantaram na caminhada e encontraram algumas tocas discretas, livremente dispostas no lugar plano em que se encontravam, incrivelmente alto, sob um mar de nuvens brancas que dificultavam a visão. Veio um grupo de boas-vindas e os nativos sinalizaram amigavelmente, mas não falaram. Não podiam. Uma das primeiras características das pessoas da aldeia, que os exploradores facilmente puderam verificar, era que se comunicavam apenas por sinais. Os homens tentaram se comunicar e, apesar de tentativas significativas, não conseguiram encontrar um padrão na maneira como os habitantes da aldeia gesticulavam. Tentaram perguntar sobre a fala, insistiram em sinais que evocavam a propagação do verbo. Tudo em vão. Montaram acampamento e foram munidos com comida e boa água. No romper do novo dia, ao caminharem novamente pelas tocas rústicas e simples, dispostas sem simetria no alto da montanha, os aventureiros perceberam que estavam sozinhos, sem os nativos, sem seus gestos complicados e desprovidos de sentido. Aquela população virgem, pura, intocada, afastara-se furtivamente para não ser contaminada pelo vício da PALAVRA.

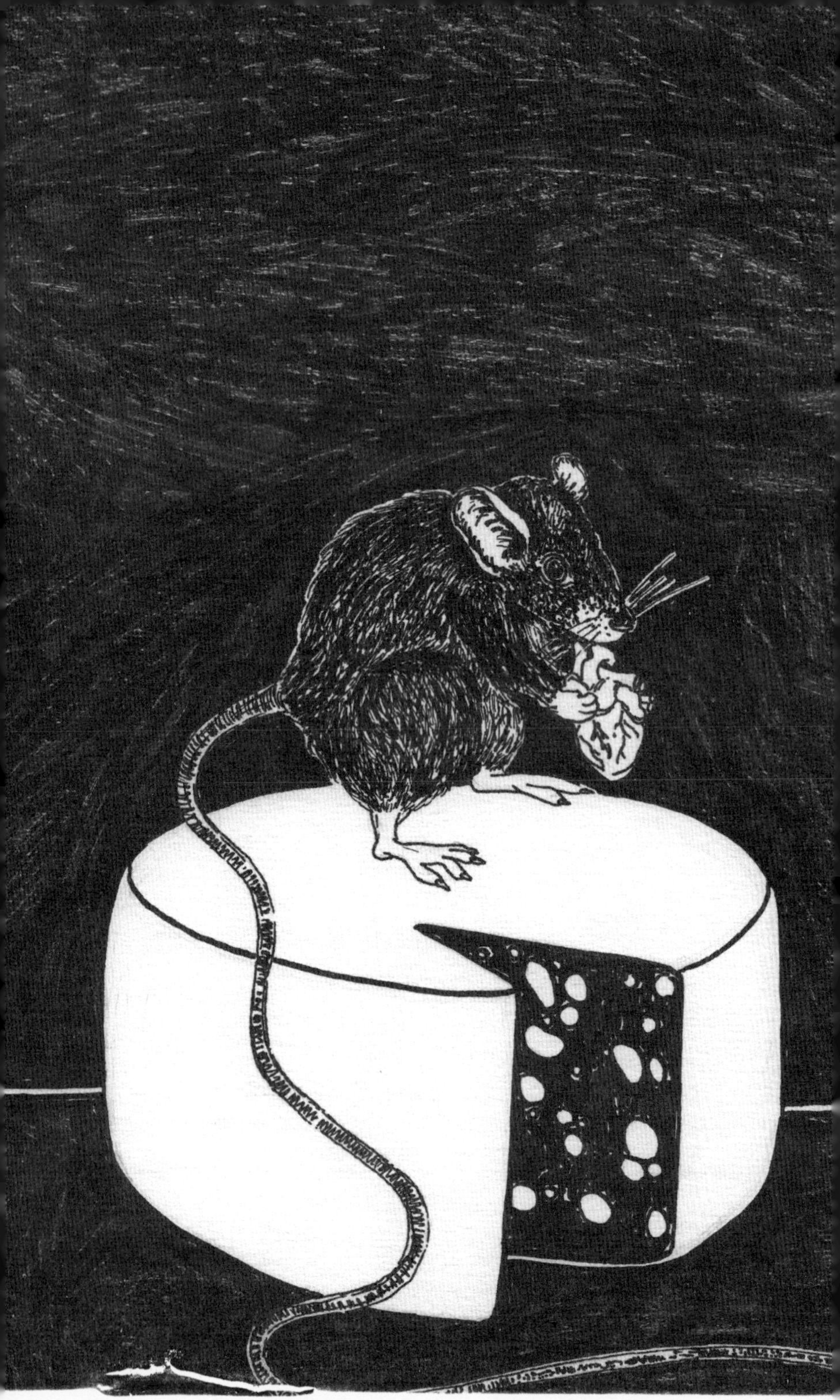

MacGuffin

Não existia enigma ou cálculo impossível para Ló de Nippur. Sua fama rompeu as fronteiras de sua árida terra natal ao apostar com Noé de Ararate, governante de uma cidade vizinha, quando ocorreria um eclipse – na época aquilo era novidade. O vencedor escolheria a recompensa. Ló saiu vitorioso e tomou para si a esposa de Noé.

Com a derrota, Noé ordenou a construção de um enorme LABIRINTO. O homem capaz de achar sua saída poderia escolher entre dois prêmios: um frágil cálice de barro cru que nunca se esvaziava ou um navio de madeira quase indestrutível encalhado no meio do deserto. Mal soube da notícia e Ló partiu a fim de vencer aquele desafio. Voltou para casa com o cálice. Deixou-o em um lugar seguro e foi à cidade comprar o melhor vinho. Ao retornar, encontrou a esposa bebendo água em seu prêmio. Tentou derramar o líquido, mas era inútil. Quanto mais água ele derramava, mais água saía. Irado, expulsou a esposa de casa e atirou o objeto longe.

No dia seguinte, um grande lago se aproximava de sua casa. Logo alcançou a cidade e a deixou submersa. Ló fugiu para a montanha mais alta, mas em pouco tempo seu cume desaparecia sob as águas. Antes de se afogar, pôde ver, ao longe, o imenso navio de Noé. Passados quarenta e dois dias, o cálice de barro se desfez sob as águas e parou de jorrar o líquido.

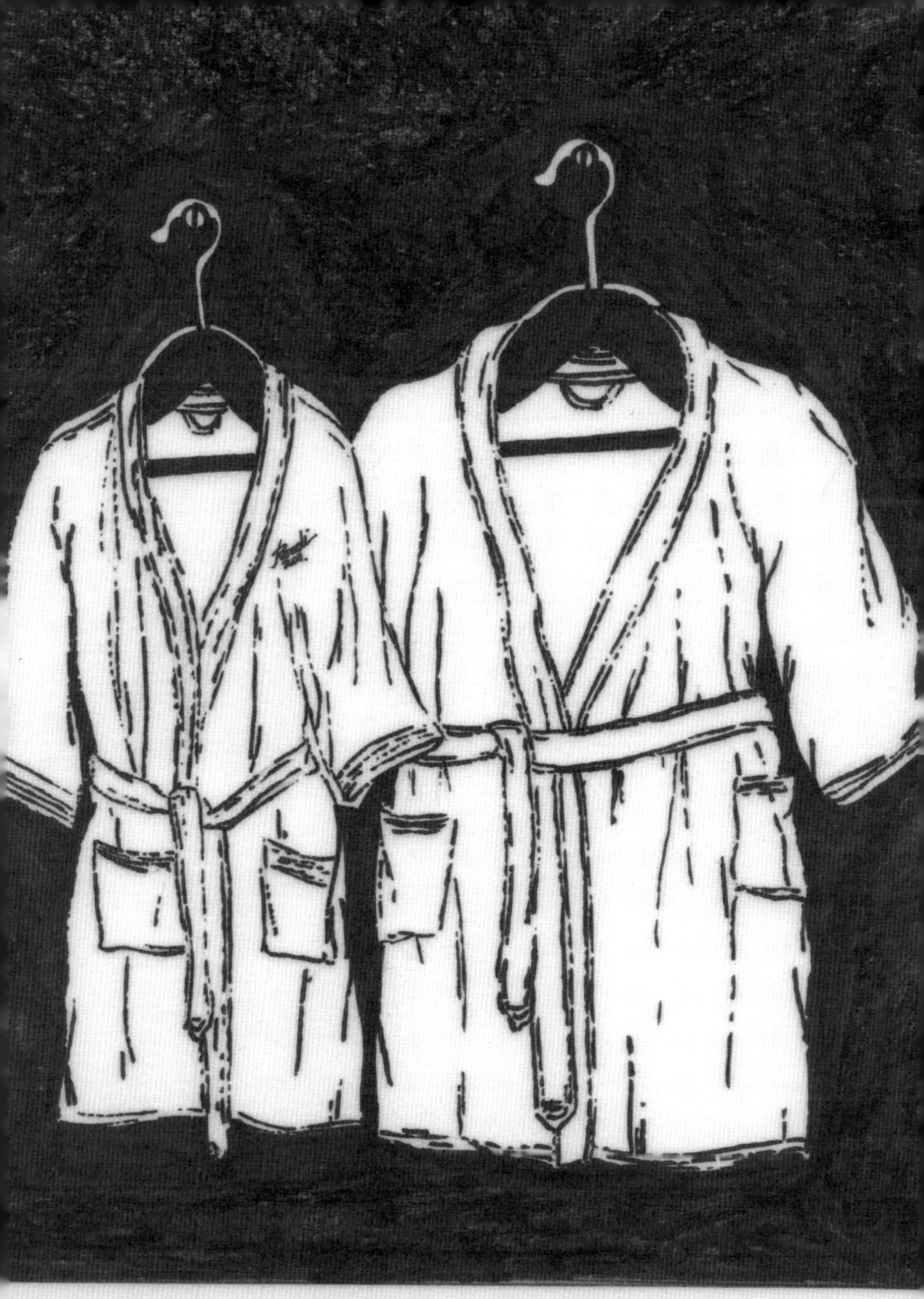

Objetivo

Passariam a vida toda fugindo das possibilidades de amar.

Mesmo quando sentiam alguma fisgada de algo que suspeitassem ser isso que os outros chamam de amor, fugiam. Voltavam suas energias para outras coisas e situações.

Morreria fugindo, se a vida não lhe houvesse na curva dos cinquenta apresentado Carmem.

Morreria fugindo, se a vida não lhe houvesse na curva dos cinquenta apresentado Astolfo.

Desde que se conheceram, sem que tivessem tempo de lutar e fugir, perderam-se no LABIRINTO que era o coração do outro.

Morreram sem achar o caminho de volta.

A cidade branca

Como se podia notar à distância, o espaço verde, um gramado impecável, era enorme. Depois dos portões de ferro, cheios de ornamentos e figuras rudimentares, artisticamente gravadas no metal, vinha uma área livre, aproximadamente quatro campos de futebol. Algumas poucas árvores faziam a vez de corredor e conferiam uma misticidade ao lugar. Ao fundo, sem dificuldade e completamente magnânimo, via-se um Castelo branco. Três grandes torres quase podiam tocar as nuvens e estruturas de pedras simetricamente cortadas desenvolviam uma arquitetura sofisticada e ao mesmo tempo antiga. À frente do Castelo estava o LABIRINTO. Projetado para criar uma separação segura entre os portões de ferro e a alva construção, era o maior corredor intrincado, orgânico, conhecido. O cipreste, rigorosamente cortado na forma de paralelepípedos imensos, cresceu desde sua elaboração no passado para ser exatamente as paredes desse mosaico cabuloso. Não existe registro de algum humano que tenha sido capaz de atravessá-lo para alcançar a entrada misteriosa do Castelo. Também não há uma pessoa qualquer capaz de inferir o número de crânios que carregaram um cérebro enlouquecido e que hoje repousam descansados nesse solo fabuloso.

Seres místicos, Direito Penal e um cigarro aceso

Os últimos dias têm sido difíceis. Meu mundo caiu e agora sou obrigado a rever todas as minhas crenças. Cada dia é uma nova descoberta, e, quando digo "descoberta" é descoberta mesmo. Hoje, se alguém me disser que viu um fantasma em uma casa abandonada, eu direi: "Isso é improvável". Alguns dias atrás eu diria: "Impossível".

Tudo começou em 22 de agosto. Fui chamado em mais uma ocorrência. Um forte vendaval invadiu um banco e esvaziou os cofres. Os celulares dos clientes também desapareceram. Dias depois, durante a madrugada, sete igrejas de diferentes credos tiveram objetos e dinheiro furtados. Tinham em comum portas arrombadas por maçaricos e pegadas equinas por toda parte. Na semana passada, atravessei a noite perseguindo um suspeito. Depois de mais de dez quilômetros de caçada, descobri que ele tinha ido pelo lado oposto. Ontem à noite foi a gota d'água. Prendi uma senhora responsável por mais de dez sequestros de crianças. Não acreditei ao ver, mas ela tinha a cabeça de um jacaré. Eu sabia que não era uma máscara, mesmo assim tentei arrancá-la. Perguntei o motivo da invasão e dos crimes encabeçados por figuras do FOLCLORE nacional. A resposta não poderia ser mais óbvia: "São vocês os invasores. A sua selva tomou a nossa. Mas ainda assim é uma selva". Hoje, a vi sair pela porta da frente da delegacia. As leis, por ora, só se aplicam a humanos. Não vai demorar até legislarem algo específico para esses seres. Quando isso acontecer, tenho a impressão de que as coisas vão piorar.

A vida é repleta de ironias. Fico imaginando a quantidade de ufólogos e cristãos decepcionados a essa hora. Há séculos eles esperam que os céus se abram e uma imensa luz desça sobre eles. Mas quem deu as caras foram os seres com quem eles menos se importavam. Acendo um cigarro. Ouço um assobio. Certamente não irei negar um trago à criatura que surge na minha frente.

Betty, a feia

Não criam, pelo tanto que era feia, que conseguiria desencalhar um dia. Até que veio o primeiro amor e, durando o que tinha de durar, se acabou.

Seguidos do primeiro amor vieram outros. Muitos outros. E todos com um traço em comum: eram homens lindos.

Depois de tanta tentativa, está casada. É mãe de dois filhos. Exemplar dona de casa. Estudiosa. Trabalha fora. E ainda arranja tempo para cuidar do marido, mais belo que todos os homens que passaram antes pela sua vida.

De tão feliz com a linda família que formou, aprendeu que a feiura, além de ser apenas um ponto de vista, muitas vezes não passa de um mero FOLCLORE...

Rubro noturno

Ao olhar novamente para o relógio, Almir repensa a sua missão. É um homem alto, 1,90 m, e pesado, 120 kg bem distribuídos. A mão está molhada e a testa também. Retira do bolso um lenço grosso, sua mulher o lavou, passou e dobrou. Enxuga primeiro a testa e depois as mãos. Olha o relógio pela segunda vez em menos de cinco minutos, está sozinho. A rua deserta chama-se Coronel Ernesto Junqueira – impõe um respeito forçado – e permite que os carros sigam apenas em uma direção. Almir espera um táxi encomendado, não por ele, mas por aquele que deseja lhe passar detalhes de um trabalho. Ele sabe o que deve fazer, vai receber dinheiro em uma quantidade que normalmente não recebe pelo seu duro trabalho como estivador. A noite está alta, penetra na madrugada. A única luz é a do poste que está próximo de Almir, uns 3 metros à frente. Agora o vidro do relógio está embaçado. É uma maquininha simples comprada em um camelô de rua; com esse trabalho poderá comprar um Orient. Sua mulher acha que ele trabalhará até que o dia amanheça, fazendo hora extra. Quando o carro chega e para na sua frente, ele entra. Recebe um pedaço de papel com um nome e um endereço. Precisa realizar o trabalho encomendado exatamente às 5h30 da manhã, quando o dia se inicia e a luz do sol ainda é bem pouca. Sai do carro e vai para o porto a pé. Lá está guardada sua moto. Numa caixa bem escondida em seu armário, no serviço, está seu revólver velho, bem cuidado, eficaz. Usou em outra vida. Noutro tempo em que raramente tinha consciência de seus atos, raramente gozava de alguma lucidez. Num mundo diferente, nem melhor nem pior. Num ambiente infestado de cores pastel e de dores comuns, recorrentes. Seu nome era outro, sua profissão também. Hoje, distante, retorna à sombra daquele ser antigo, imemorial. Hoje seu nome ressoa no lugar do passado. Aquele ser de olhos vermelhos, perdido nas selvas de outrora, arruinando corpos trazidos para o desconhecido, arremessados no abismo pelas suas armas – revólver, faca, unhas, dentes – um FOLCLORE do sertão, dos ermos dos submundos, desconhecido de sua mulher que dorme acreditando que o marido sua cansado esforçando-se implacavelmente, essa noite ressurge. Fecha seus olhos um momento. Estava olhando para o mar, sentado no cais. Agora abre os olhos lentamente e um vermelho de brasa ilumina o caminho na noite.

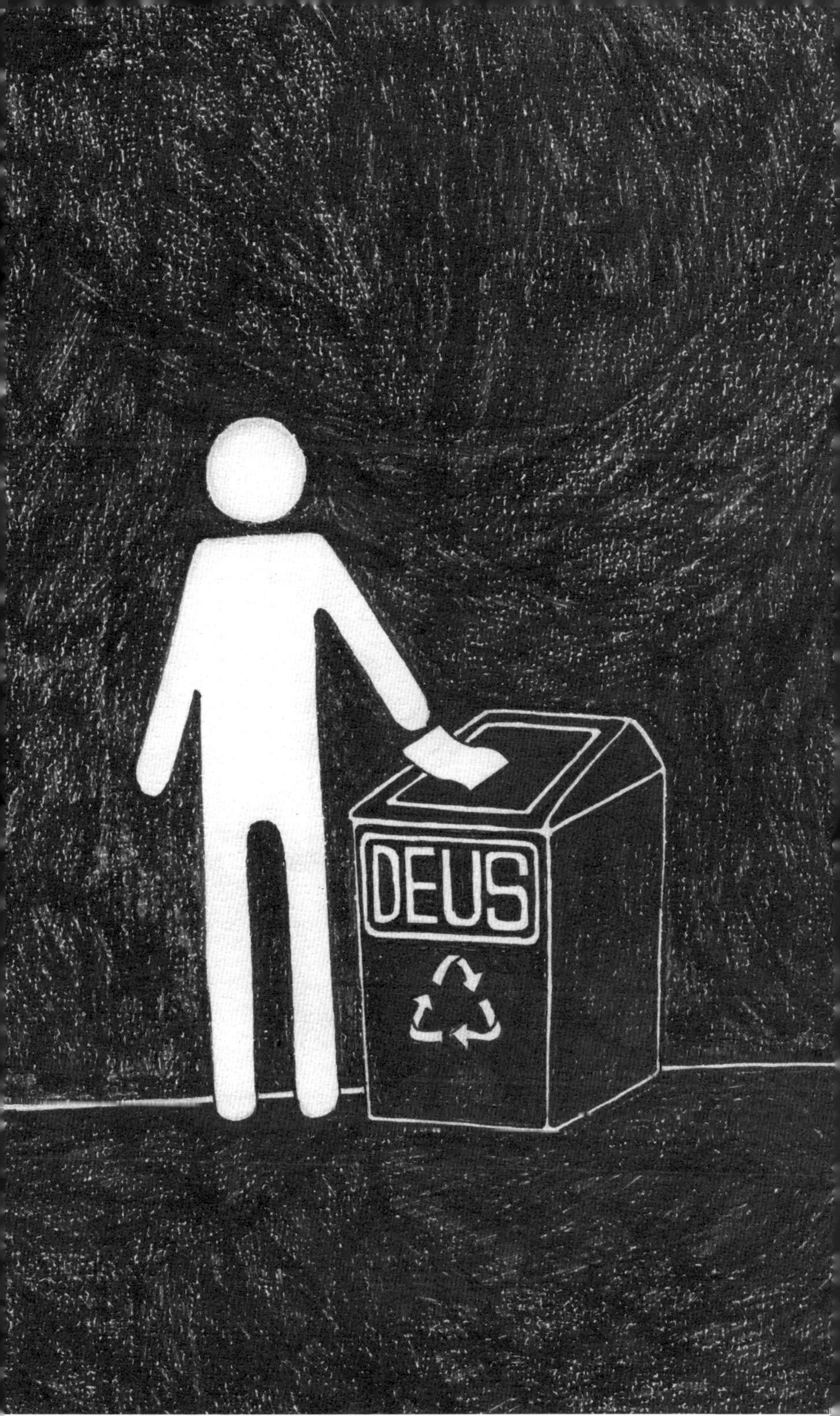
DEUS

O sexto dia

 Queria deixar o meu Pai orgulhoso, mas Ele já era orgulhoso por si só. Mostrei-me capaz de fazer tudo o que ele fazia. Ele entendeu aquilo como uma afronta e me atirou nesse mundo vazio. Em busca de redenção, gerei vida em solo estéril e cultivei o mais belo jardim. Mostrei ao meu Pai. Ele fez pouco-caso. Revoltado, eu disse que conceberia a minha própria criação e ela seria melhor do que a Dele. "Contraditório", ele me falou, "AMANHÃ, a essa hora, a sua criação o trairá da mesma forma que você me traiu". Recusei-me a crer em tais palavras.
 Da terra, moldei um ser à minha imagem e semelhança. As palavras do meu Pai, todavia, povoavam minha mente. Por medo, tomei algumas precauções. Para evitar julgamento, o desprovi de discernimento. Para não me superar, o dividi em duas partes, simultaneamente contrárias e complementares, para que sozinhas não criassem a vida. O meu jardim passou também a ser o jardim delas. Meu Pai, dono de um senso de humor desprezível, não deixou aquilo barato. Plantou, no meio do jardim, uma árvore. Nela estava contida a centelha do discernimento. Não demorou e minhas criaturas dela provaram.

No sétimo dia, meu Pai, vitorioso, descansou. Eu, desde então, não tive mais sossego. Como o discernimento não nasceu com elas, tendem a confundir-se com frequência, a buscar no nada uma origem para tudo. Me culpam pelas mazelas em suas vidas. Sei que elas estão certas, embora pelos motivos errados.

Overdose

Depois de tanto cultivar o hábito de deixar a tristeza para AMANHÃ, acabou fulminado por um excesso de felicidade no primeiro minuto de hoje.

Buraco

Segundo esse ambiente de fuga e clausura, secreto, que é o quarto, tudo é possível desde que a porta esteja hermeticamente fechada. Na tarde ou na noite, ele, o jovem, que aceita apenas um pequeno buraco na porta, dito libidinosamente "buraco da fechadura", e desde que esculpido em uma fechadura de modelo recente, exigida pelas suas nada modestas imposições, que existe com função de ser um elo entre o mundo exterior e a mágica perene que acontece em seu cubículo particular, se entrega ao autoconhecimento. Uma punheta, uma namorada que se deixa tocar nos seios para depois fazer bico doce e mostrar que é muito mais importante do que as outras que, deitadas na cama medianamente macia, se despiam sem pudores e simplesmente davam, davam tudo o que ele queria. Ali dentro mesmo, encaixotado, respirando fracamente os odores do mofo formado pela ausência consciente do sol, ele pulava freneticamente de ponto a outro estipulando um exercício melhor em seguida de outro anterior que pudesse levá-lo a uma forma física capaz de aguentar uma jornada adolescente de masturbações e partidas de futebol. Seu AMANHÃ era uma incógnita, já que no pouco tempo que se dedicava a existir fora de sua caixa não se prestava a nenhuma atividade dignificante.

Todas as tardes era um farfalhar estridente, um misto de tecido sendo revirado e gemidos abafados, que traziam à porta uma sequência intranquila de batidas e uma inconveniente ordem ditada de forma abrupta e militar. "Venha para fora. Saia desse quarto." Era quando, mesmo sem a existência do buraco indiscreto que temia, um com dimensões escandalosas, não optou por permitir, ele sentia ser observado por um olho inquisidor, o olho de Deus. E se a sua sequência de automolestação devia sempre ser interrompida pelo grito da mãe? Será que era Deus que permitia aquilo? Deus agia por meio da bruta senhora na gloriosa intenção de salvar a seiva sagrada para garantir a manifestação das futuras gerações da velha, e, mais altruísta ainda, para certificar-se da preservação indiscutível da espécie? Ele pensou seriamente que Deus não entende que os jovens que têm seus quartos, doados pelos pais com a mais célebre das intenções, reservados da intervenção dos dogmas impostos pelo mundo, acabam se tornando os marginais que, assaltando e matando, motivados por uma revolta inconsciente, surgem nos telejornais noturnos que passam na TV.

A cura

Em busca de uma cura para todas as doenças, Higia deixou de pensá-las de forma generalizada e investiu contra a mais implacável de todas: a velhice. Em seu modo de ver, uma falha biológica passível de controle. Quando finalmente alcançou o tão sonhado objetivo, não poderia batizá-la de outro nome que não fosse PANACEIA.

Com a descoberta, inúmeros debates éticos foram travados. Ao final, ficou estabelecido que viver ou morrer seria uma escolha individual.

Tudo corria bem até que alguém, cansado de experimentar uma longa existência, resolveu abandoná-la. Para surpresa própria e dos demais, constatou que a fórmula de Higia era tão eficiente que, não importava o que fizesse, o corpo sempre se regenerava e restaurava a plena saúde.

Em busca de uma cura para a vida eterna, Higia não sabia por onde começar, a não ser o fato de que, até atingir seu intento, teria todo o tempo do mundo.

A resposta

Perguntaram-lhe o porquê de tão estranho nome.

Respondera-lhes que a mãe, de pouca leitura, era dada a encantar-se com palavras diferentes.

Daí constar em seu Registro de Nascimento: PANACEIA Afonsina Lúgubre da Silveira Batista.

Natividade

Vez ou outra chovia. E quando a chuva molhava a terra, levantava um cheiro diferente do de estrume. Dona Ana, que tinha um cabelo que batia abaixo da bunda, enrolado num coque enorme e inútil, sentiu, aos 60 anos, um fervilhar no ventre. Achava que estava seca como a terra, mas bastou umas gotas do sêmen de João para reproduzir o feito dessa mesma terra que, por causa de umas poucas gotas d'água, perfumou o sertão. A chuva era a PANACEIA. O choro e a terra do sertão formavam um mosaico intrincado com os resultados da cura. Dona Ana sabia de tudo, e, curada de sua secura, voltou a acreditar na vida. Soltou os cabelos e pediu que João lhe dissesse, aos moldes dos cavalheiros das grandes cidades, umas breguices românticas que a tornassem bela como planta recente em terra molhada.

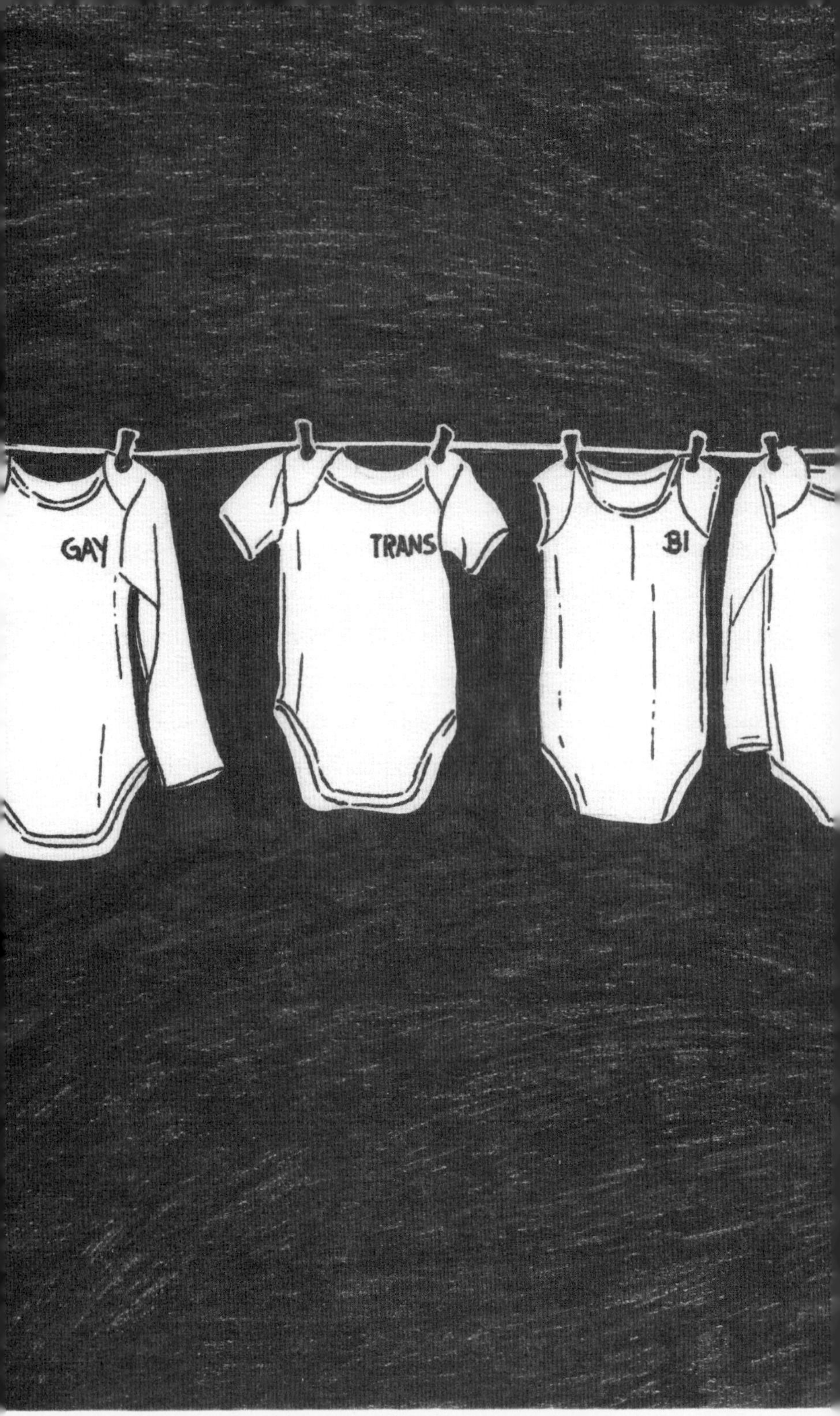
GAY
TRANS
BI

Casos de família

Descobriria, no dia da morte da avó, em meio aos pertences da falecida, que o passado de sua família era bem diferente do que imaginava. Entre objetos antigos, da época em que o avô, Klaus, servia no Sturmabteilung sob o comando de Ernst Röhm, encontrou uma foto da avó, na flor da juventude, em um visual ANDRÓGINO. A princípio não entendeu tal faceta de uma senhora cultivadora de hábitos tradicionais.

Durante o velório falaria com o avô, o último remanescente daqueles tempos longínquos. Ele sorriria e choraria simultaneamente diante da imagem e das lembranças soterradas nos confins de sua memória. "Mariele sempre foi do contra. O pai dela, o seu bisavô, acreditava cegamente nos ideais do partido. Defendia que as mulheres deveriam ser como as Valquírias, louras, com longos cabelos, e dedicadas às crianças, à cozinha e à igreja. Em protesto, ela deixou os cabelos curtos e passou a se vestir como homem. Apaixonei-me de imediato. Só depois, para a minha decepção, descobriria que ele era ela. Pensei em terminar, mas aquela noite me reservaria surpresas ainda maiores".

Depois do enterro pensaria na história contada pelo avô. A maneira como ele e a avó, ainda trajada como homem, conseguiram sair com vida da Noite das Facas Longas. A fuga do país de origem e chegada em outra terra: um mundo tão distante do que conhecia e ainda mais distante do que sonhara. Entenderia, finalmente, o motivo de o avô considerar Tom da Finlândia o maior artista do século XX e de a avó achar Diadorim a personagem mais fascinante de toda a literatura.

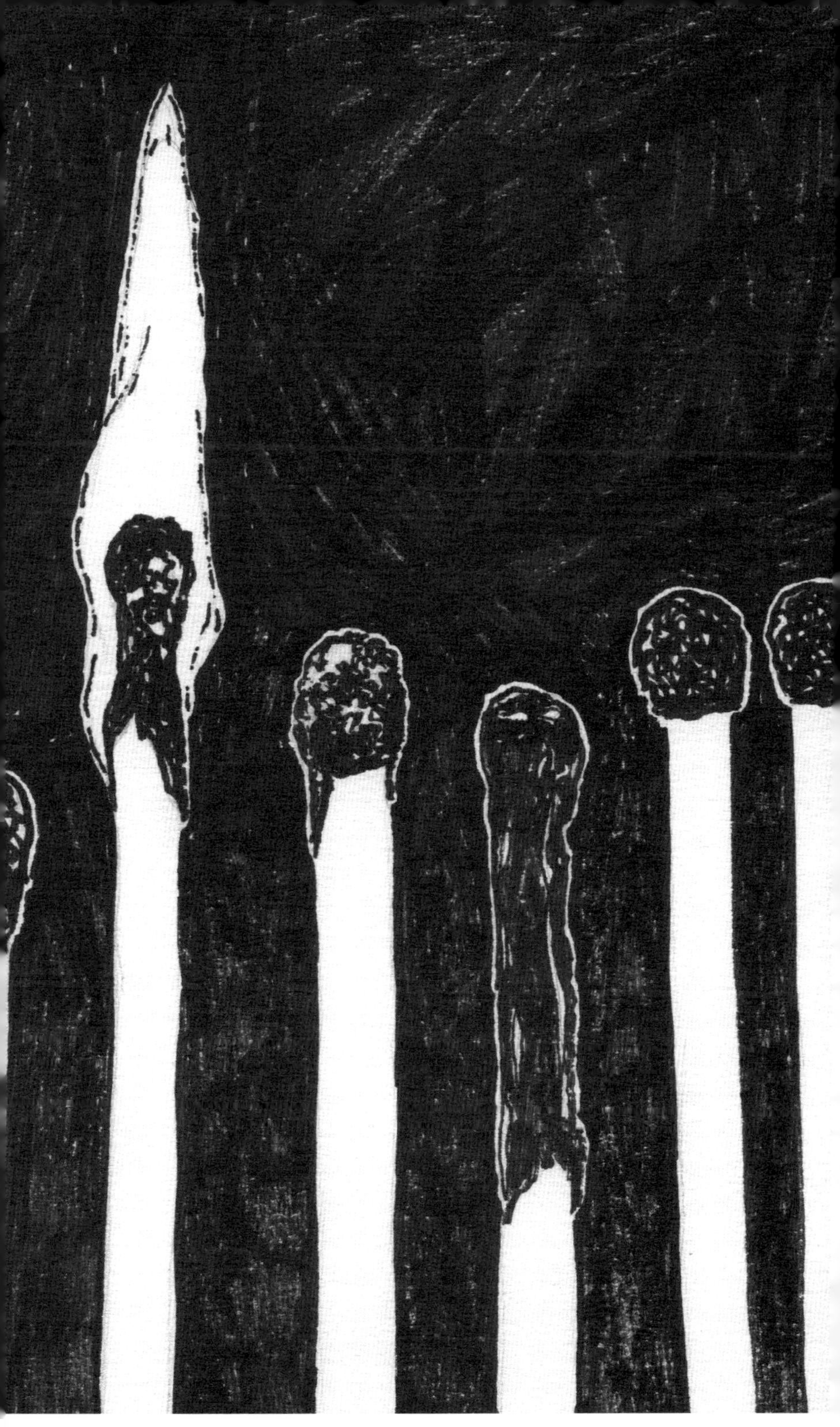

Inquisição

Porque não podiam admitir Deus, Jesus, o Espírito Santo e os santos correlatos representados de modo tão escancaradamente ANDRÓGINO, que foi o que viram ao invadir seu ateliê, decidiram:

– Vamos queimá-lo em praça pública junto com suas obras imorais.

E foi o que fizeram, motivados, sob os olhares atentos e gritos efusivos e aplausos calorosos dos fiéis que com isso coadunaram.

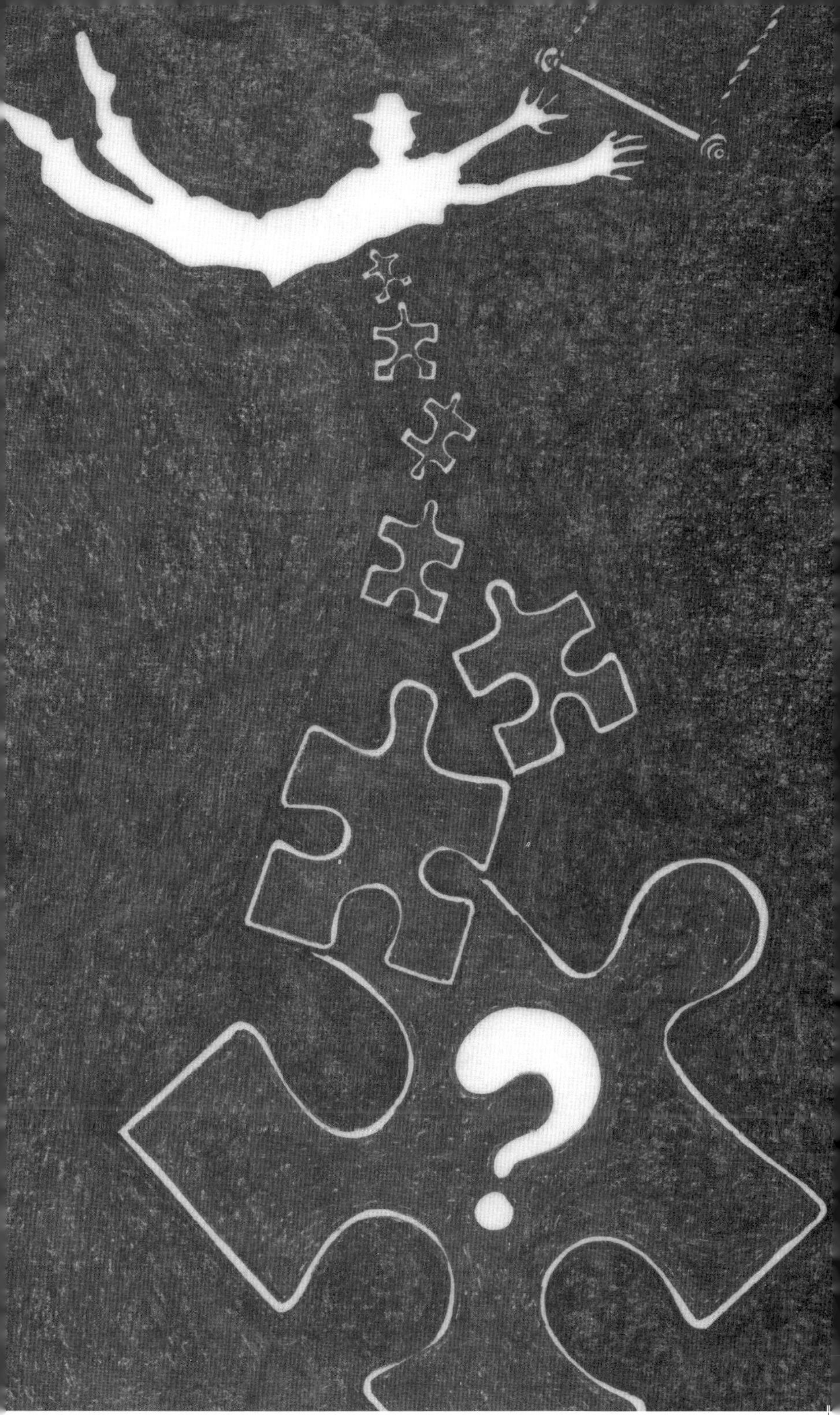

Epaminondas

De dois a três anos esquecido em seu deserto pessoal, mergulhado em um manicômio peculiar, afastado do fluxo confuso de pensamentos egoístas, que causam indigestão indesejada em qualquer um, o pobre Epaminondas Succo era o mais recente louco inserido passivamente naquele improdutivo laboratório. O local, que fora abandonado longinquamente para que fosse esquecido, era também casa de profissionais da loucura que não curavam, mas, sob diversos ângulos e perspectivas, tratavam mais da intensificação da doença do que de sua efetiva erradicação. O senhor Succo, criatura ainda jovem, já que nos dias atuais o homem de cinquenta anos está bem aparelhado de sua idoneidade física-estrutural e goza da boa saúde de suas faculdades mentais – o autor de radionovelas Pedro Camacho poderia respaldar o frescor e a autonomia que, segundo ele, os homens possuem na sua melhor idade, a cinquentena –, possui grande altura, rosto comprido e nariz proeminente, olhos azuis vívidos e uma capacidade imensa de assustar e causar má impressão, como um senhor Hyde moderno. Nas dependências do hospital psiquiátrico emudeceu-se mais do que de costume, pois era um homem profundamente introspectivo e ensimesmado, como diagnosticado pelo competente, porém também absolutamente diabólico, Doutor Magnus Celso. Dois dias no lugar de louco e começou a desenvolver um hábito pouco comum para os que não o visitam e que se intitulam normais, seus parentes, que o renegaram e agora atestam suas debilidades com pequenos presentes excêntricos entregues por intermédio de outros, os internos profissionais, que depois de verificarem meticulosamente não se tratar de objetos cortantes, que poderiam fazer mal aos outros doentes, e eventualmente a ele mesmo, os deixam em seu quarto, na mesinha auxiliar, em sua totalidade ou parcialmente, para seu uso deleitoso. Na verdade, são matéria-prima para a construção de asas mecânicas. Estruturas que podem ser associadas umas às outras, todas de plástico resistente e tecido. Depois de tudo pronto, Epaminondas, segundo o que conta aos outros companheiros tão malucos quanto ele, poderá voar para outro mundo, o mundo dos iguais a ele, seres ANDRÓGINOS, desprovidos de desejos absurdos e vis, conhecidos vulgarmente como anjos.

O rio às margens do humano

Ao longe, Miguel Serafim avistou a pequena vila. Estava de volta e sentia-se como o rio que cortava aquela pequena povoação. O lugar, cravado entre morros, existia por conta da e para a extração aurífera. A única rua de pedra do lugarejo conduzia à igreja, ao palacete do coronel, que também era o patrão de Serafim, e à praça principal ornada com um tronco, um cepo e uma forca cuidadosamente instalados. Na rua passavam poucas pessoas, a sujeira por elas produzida, no entanto, escorria aos montes pela sarjeta e ia ao encontro de uma das margens do rio. A água era abundante. Frequentemente ocorriam enchentes que invadiam as casas e devolviam o ESGOTO ao seu lugar de origem.

Miguel Serafim surpreendeu a todos quando, há três dias, abandonou não só a vila, mas também a esposa, os dois filhos pequenos e uma dívida que não pretendia quitar. Fora trapaceado em um jogo e se viu devendo o ordenado de um ano inteiro. Serafim não entrava em jogo para perder. Sabia do engodo, mas o adversário era o futuro genro do coronel, um sujeito que se sentia dono de tudo e de todos. Como vingança, Serafim fugiu levando o cavalo do trapaceiro e a filha do patrão. Seu retorno, todavia, surpreendeu muito mais do que sua fuga.

Todos sabem que más notícias correm mais rápido do que um homem em fuga, e estas alcançaram Miguel Serafim e o informaram que sua esposa estava no tronco, seus dois filhos no cepo e o coronel à sua espera. O trapaceiro traído queria a noiva e a honra que não possuía de volta. As condições do coronel eram a liberdade da família em troca de sua cabeça. Serafim, por sua vez, estabeleceu que sua dívida seria esquecida e que retornaria normalmente aos seus afazeres. Tanto ele quanto o coronel contavam com o desespero de um pai diante do sofrimento de um filho. O coronel percebeu que os dois podiam jogar aquele jogo quando uma arma fosse apontada para a cabeça de sua filha. O trapaceiro entrou no jogo por puro desplante e apontou sua arma para a mulher de Serafim. Ao contrário do genro petulante, o coronel sabia quando um jogo estava perdido, e com um tiro pôs fim àquela situação.

Na manhã seguinte, tudo voltou à normalidade. Mas uma sensação, similar à de quando o rio transbordava e alagava a pequena vila, pairava sobre a cabeça do coronel.

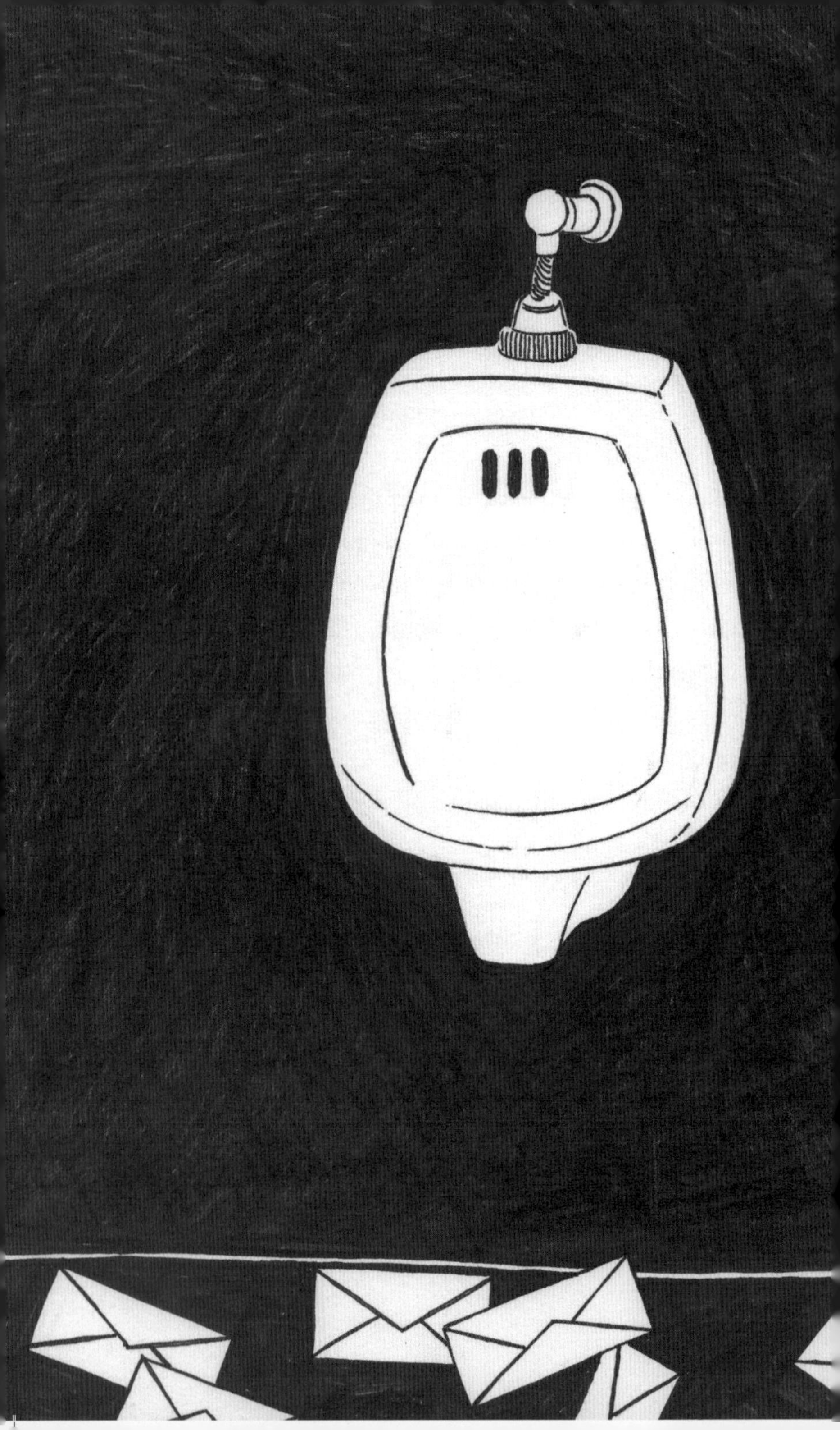

Insepulto

Prometeram jamais abandonar um ao outro. Embutida nessa promessa estava a ilusão de que se amariam para sempre.

Como tudo na vida é passageiro, ele se fora vitimado por um fulminante ataque cardíaco.

Durante anos ela guardara aquilo: morto, grotesco, congelado e adorado feito um amuleto ou algo similar.

Transitória que é, a vida trouxe a Carmem outro alguém a quem amar.

Decidira, então, retirar aquilo do freezer, lançar no vaso sanitário e dar descarga.

Pelo ESGOTO escorria o enorme coração do seu primeiro marido.

O buraco

— E o que tem no buraco? – pergunta Pedro, que fala pelo nariz.

— É o ESGOTO. Só pode ser – esse é Lucas. Quase dois metros de altura. Desceu a cabeça desde a base inferior das alvas nuvens, que contrastavam ridiculamente com o negro brilhoso de seus cabelos, até o solo para afundar o olho no orifício e depois cheirá-lo com feições inquiridoras.

— Agora você tem que buscar um balde de água, Garrote. Não demore, vamos fazer transbordar – Pedro dá a ordem, pois dos três é o que mais tem iniciativa.

Garrote é o menino faz-tudo da trinca. Cabelos amarelos, rosto cheio de sardas e braços que mais parecem duas varetas de riscar na terra. É ligeiro e corre com pés socados em umas alpargatas de couro marrom, desconfortáveis, presas por um elástico grosso que contorna o calcanhar. Volta depois de cinco minutos com uma lata enorme de manteiga com a abertura feita por um abridor de latas e as rebarbas amassadas para o interior de forma artesanal.

— Que presepada é essa, mirrado? Tem que encher de água. Vai ver se consegue carregar.

— Esse daí é um santo. Se perceber uma formiga no caminho, desvia. Não é capaz de causar mal nem a um inseto

– reflete Pedro, olhando o moleque em fuga sacudindo a lata para frente e para trás.

– Nem responde. A voz fina feito de menina. Um anjo. Mas se esforça! – Lucas completa.

O loirinho volta e agora tem nos olhos um vermelho de fúria e o rosto retorcido de dor pelo peso da tarefa.

O menino avança. Quer olhar. Lucas faz um sinal com a mão. Pede para esperar. Balança um pouco a mesma mão mostrando uma direção. Quer que se afaste. O garoto anda de ré uns dois passos e quase derruba a porção de água que equilibra com dificuldade sobre sua cabeça. Eles tomam a lata pesada e derramam todo o líquido no buraco, que o absorve fazendo desaparecer cada gota sem deixar rastro molhado.

O buraco aumentou. O cheiro que exala é entorpecedor. Atinge em cheio os dois que estão próximos e perturba ligeiramente Garrote.

– Garrote, pede pra Bel uma panela de água bem quente. Quero ver se não transbordo essa porra! – Pedro grita e Garrote percebe que seu humor está mudando. Nem pensa em responder, sai estalando as alpargatas e levantando poeira. Volta depois de vinte minutos. Os marmanjos estão sentados e observam como ele carrega a panela larga entre as pernas, segurando firme as alças e gangorreando a água quente. É Lucas quem lava o buraco. E cresce novamente. Agora o fedor é alucinante. Permeia o quintal, a rua, afeta o garoto e faz que Isabel, nervosa, grite lá da cozinha bradando que está na hora de parar a brincadeira.

— É uma circunferência per... — Garrote queria dizer "perfeita", mas Pedro lhe manda calar a boca antes que possa concluir.

Observam o buraco fedorento.

— Que catinga! — e Lucas chorando amargurado e tapando o nariz e a boca.

Os três estão ao redor do buraco. Tentam ver o que tem lá dentro. Garrote mais afastado, atrás de Pedro. Um movimento e vozes estranhas chamam a atenção dos três. Da escuridão surgem dois gnomos, mínimos, barbudos, vestindo trajes verdes e usando gravata borboleta. Possuem uns sapatinhos pretos estilosos com uma enorme fivela e os bicos encurvados para cima. Discutem efusivamente e com intensidade acadêmica sobre força, diferença entre classes, liberdade e submissão. Desaparecem depois que saem pelo portão que dá acesso à rua. Logo depois salta um coelho branco, de olhos vermelhos estalados, também usando uma gravata, só que longa e alaranjada. Tem um paletó azul, de camurça, muito elegante e bem cortado. Retira do bolso um relógio e preocupa-se com a hora. Parece estar atrasado. Corre na mesma direção dos gnomos.

Os dois mais adiantados olham-se perturbados, fungam os narizes e esfregam os olhos. Sentem náuseas. Garrote se levanta. Estava acocorado logo atrás e prestava atenção em tudo.

— Com licença, senhores — Pedro e Lucas se afastam sem questionar. Nem podem, estão embriagados.

O garoto toma distância, respira fundo, uma última tragada do ar verde putrefato, corre e mergulha no breu viscoso sem fim.

— É uma circunferência perfeitaaaaaaa!

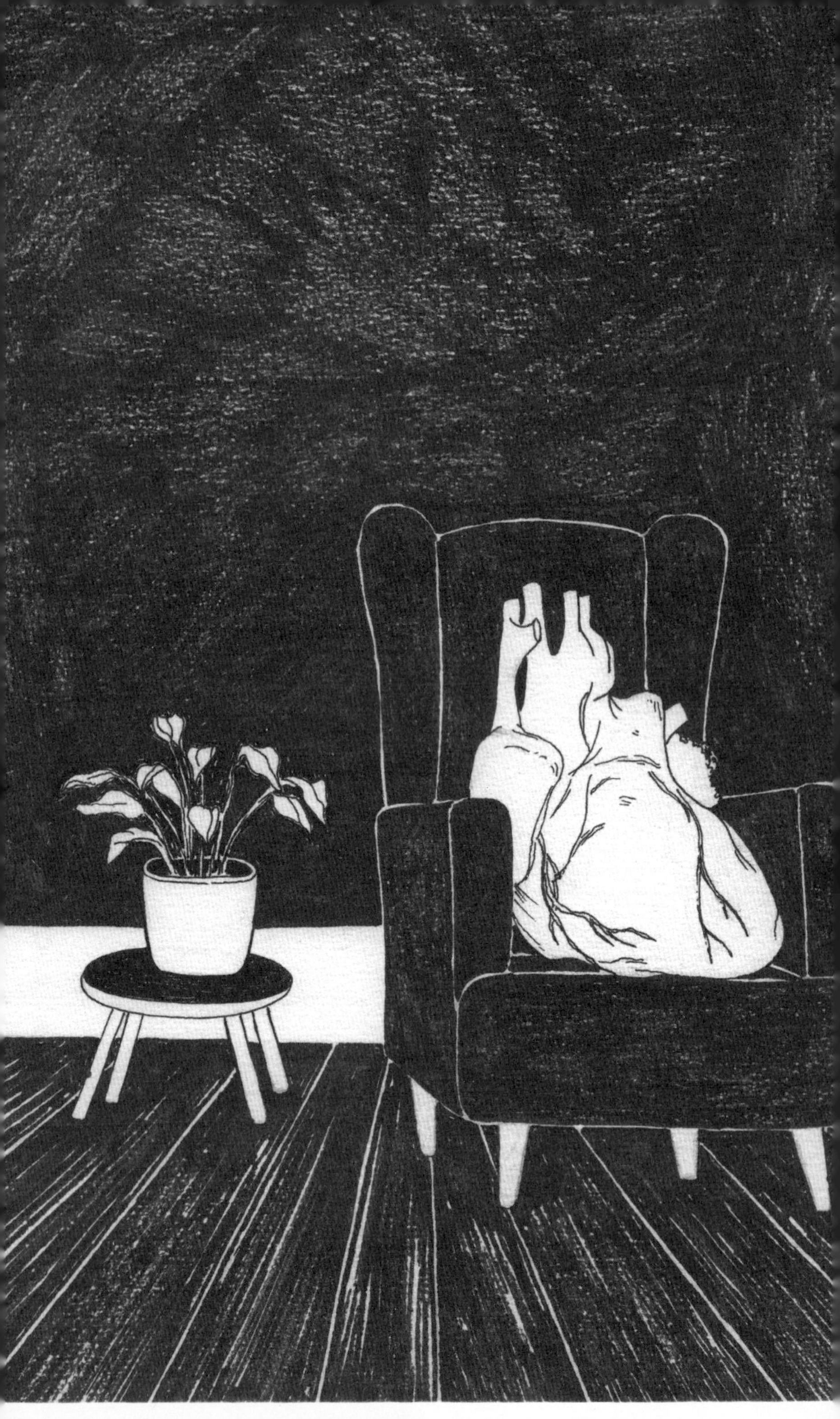

De mãos vazias

Era tão intenso o ódio de A. Cepa pelo pai que o velho mantinha certo orgulho em ver alguém nutrir por ele sentimento tão sincero e profundo. Os motivos para tão forte aversão eram vários. Ver o progenitor em seu leito de morte, todavia, o deixou em xeque. O corpo franzino depositado na cama em nada lembrava o homem de outrora. Do robusto lavrador de outrora restou apenas o característico cheiro de CEBOLA nas mãos. O odor impregnava tanto o ambiente quanto as lembranças dos presentes. Comovido, ofereceu seu perdão ao pai. "Estou apenas morrendo, por favor, não aja feito idiota".

Apesar dos pesares, A. Cepa sentia-se um pouco mal por odiá-lo tanto. Estar certo sobre algo não traz conforto nenhum a ninguém. Durante o enterro, cuspiu no caixão. Era a atitude mais nobre para o momento, e, estranhamente, deixaria seu pai orgulhoso.

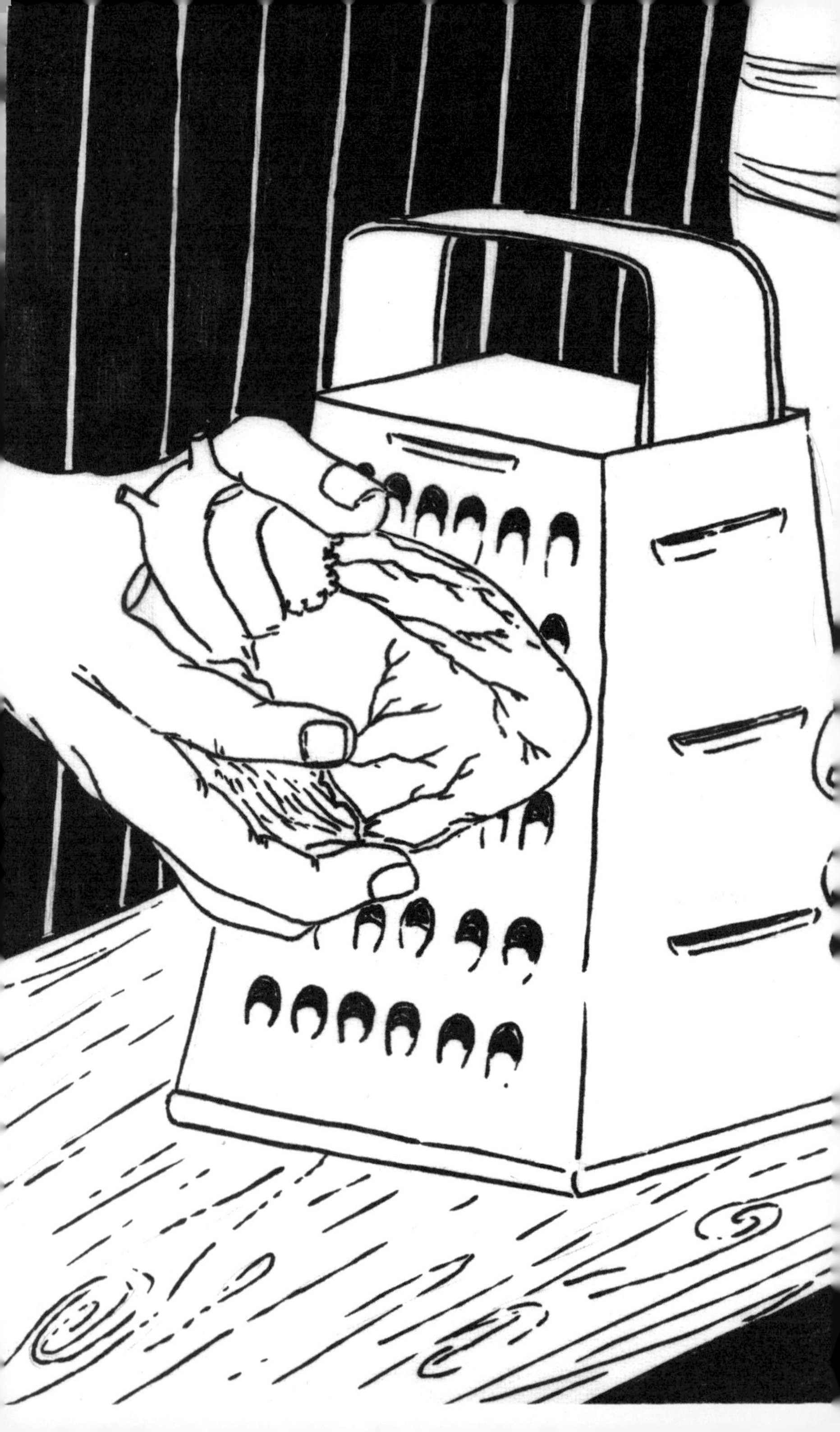

Cooperativa

Tinham em comum: eram mulheres, irmãs, casadas, habilidosas na cozinha. E, não bastasse, todas traídas.

Decidiram, então, abrir um restaurante popular que oferecesse self-service.

Muito sucesso fez o estabelecimento que, não sabiam os fregueses, servia as carnes dos maridos mortos por elas em sinal de vingança.

Certo dia, um crítico de gastronomia, impressionado com o sabor da carne oferecida no restaurante perguntou-lhes o segredo de tamanho primor. Ao que, sem embaraço algum, responderam sorridentes e em uníssono:

– É a CEBOLA.

como come(ça)
uma cidad(e)

O conquistador

Marcos esperou que ela olhasse com aquele filtro de almas armado sobre o nariz rosado. Ela ascendeu os olhos e observou não com o desejo que ele esperava, mas reflexiva penetrou através das dezenas de camadas de CEBOLA velha de sua indumentária odiosa e rejeitou tudo que ele representava. Ali parado, na praça central ao meio-dia, sentiu-se nu, completamente exposto, estava, para o mundo, apresentado. Segurava na mão esquerda um medíocre buquê de flores amarelas, singelo, que não representava nada além de sua ineficaz inocência e de seu vago espírito sedutor. Depois de toda a demonstração de desdém que recebeu, Marcos desceu até um inferno instantâneo que contemplou com absoluto assombro e inexperiência. Voltou depois de suspirar seu desalento e aspirar os fluidos horrorosos emanados de seu súbito e lamentável fracasso.

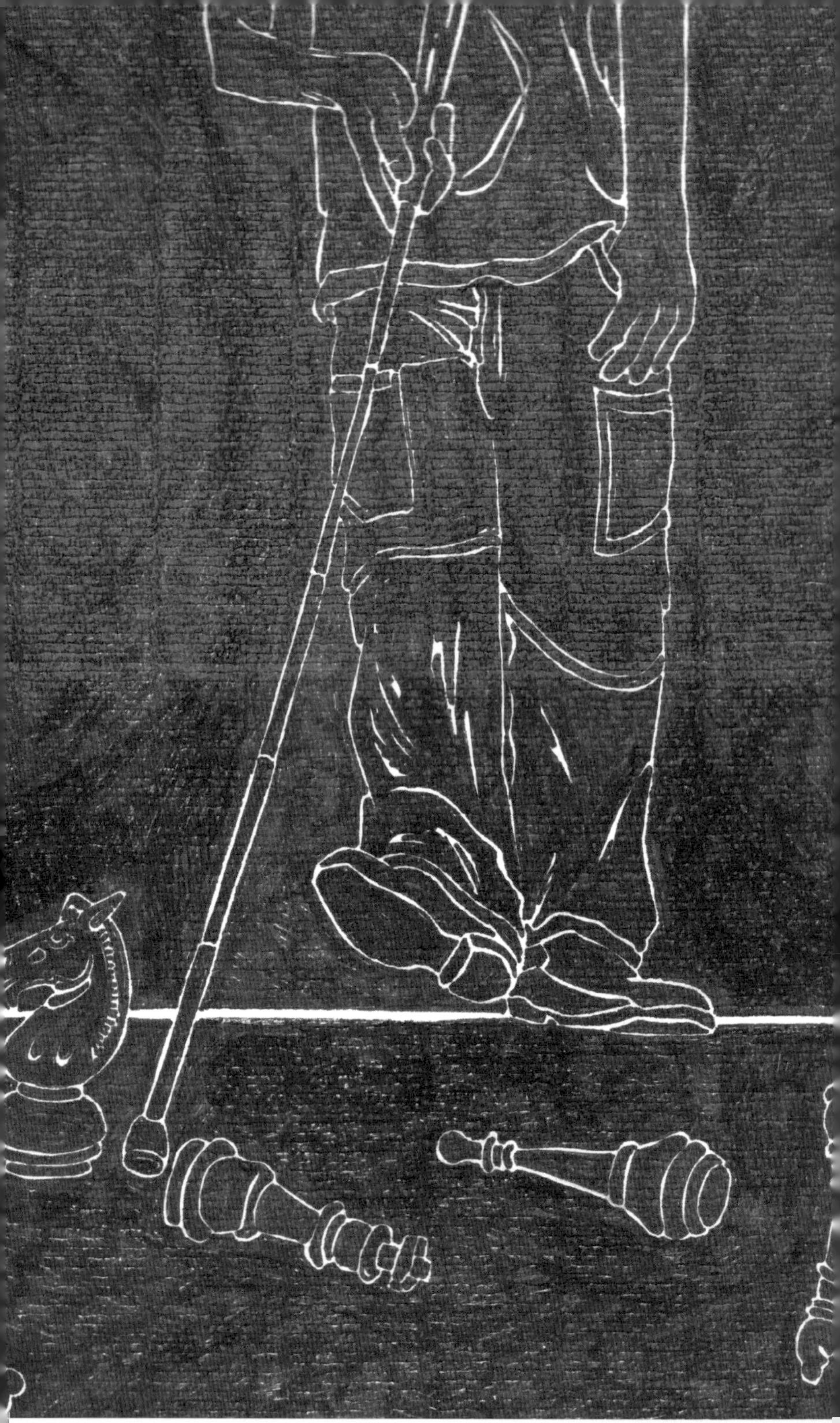

A ponte

Uma pequena cidade era dividida por uma imensa cratera. Em um de seus lados estavam fixadas grandes empresas e simplórias casas habitadas por seus pequenos trabalhadores. No outro lado, longe do alcance das vistas, estavam os enormes prédios públicos e particulares nos quais trabalham os enormes seres administradores de tudo e de todos.

Em um momento da história dessa pólis de divisões tão claras, um governante, preocupado com o bem de todos e felicidade geral da população, lançou um projeto de lei orçamentária financiado pela verba pública e administrado por empresas particulares que visava construir uma gigantesca ponte ligando as duas extremidades da urbe. Tempos e governantes passaram e o projeto circulava sofrendo ajustes julgados necessários para o sucesso do empreendimento.

Dado dia, um forte terremoto sacudiu aquela singular localidade. Casas, empresas e prédios foram abaixo e os dois extremos da cidade se uniram em um fenômeno geológico raro. O governo, obviamente, praticamente esvaziou os cofres públicos em planos de reconstrução. Nesse intervalo, até mesmo o antigo projeto da ponte foi retomado e finalmente saiu do papel. A obra, todavia, ainda não está em uso. Segundo o atual governante em pronunciamento oficial: "Estamos elaborando medidas para reativar o ABISMO. Pois não faz sentido inaugurar uma ponte sem uma quantidade mínima de espaço sob ela".

Golias

Grande que era, estava acostumado a toda largura e profundidade de cona. Mas temia chegar a vez que pudesse encontrar uma que não se sentisse toda preenchida por ele.

Tanto olhou para a largura e profundidade alheias que se esqueceu de notar que sua uretra tinha se tornado um ABISMO sem fim e sem volta em que caíra a última mulher que tentara pertencê-lo.

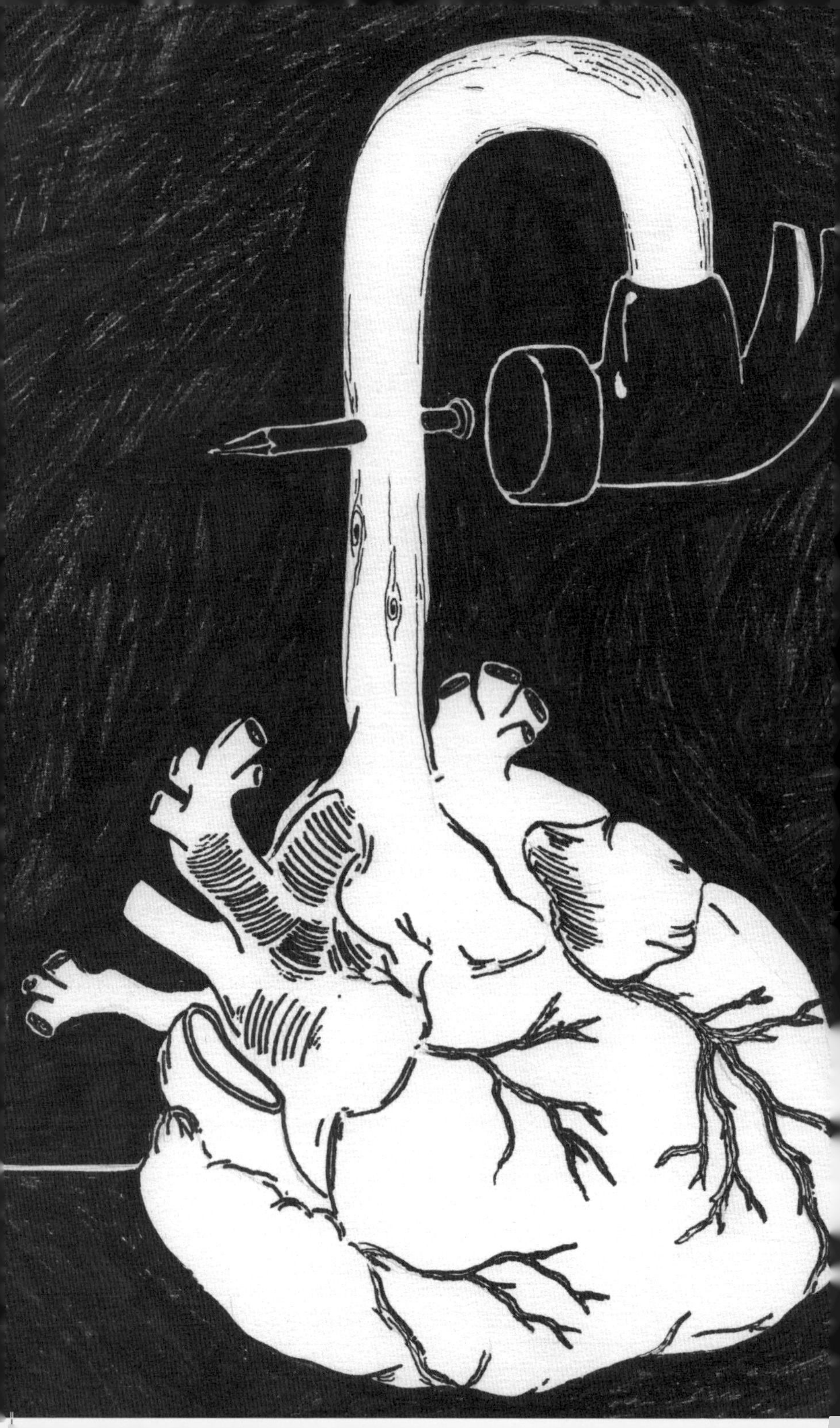

A outra

– Ligue a caldeira, vamos precisar de água quente. Estamos levando uma mulher com um ferimento grave em um órgão vital!

E desceram os três paramédicos no hospital municipal, modesto, mas bem implementado. A mulher estava coberta de sangue e olhava ao redor com os olhos semicerrados e a boca levemente aberta. Estava morrendo. Da cirurgia resultou uma cicatriz que em pouco tempo mostrou-se quase invisível. A convalescença durou alguns meses. Em pé e sentindo-se apta para enfrentar as consequências de seu ato desesperado, pelo qual havia deliberadamente tentado tirar a própria vida, a mulher pôs-se em marcha a caminho do tribunal. A decisão nessas situações era praxe. "Suicidas devem ser submetidos a uma indiscutível duplicação de corpo" – determinava o manual. A esse castigo chamaram os suicidas frustrados de "a dupla dor". Os corpos tinham uma conexão telepática tão precisa e tão profunda que as dores de um eram sentidas simultaneamente pelo outro, independentemente da localidade. Uma ampliação dolorosa de um sofrimento impresso de forma calculada em cada indivíduo, separadamente, que abusa da criatividade do torturador, transformando-se num martírio duradouro, interminável. A suicida salva pelo eficaz trabalho médico, Dolores, não podia morrer pela dor da tortura e não suportava a duplicidade de sua forma física, de sua personalidade e quiçá de sua alma imortal. Penetrou no ABISMO almejado quando, ao ser submetida à visão de sua imolada cópia, idêntica em tudo, menos na forma e no número das cicatrizes distribuídas em seus corpos, para uma acareação costumeira, avançou brutalmente contra o liso e comprido pescoço da outra. Foi correspondida em igual intensidade. Mataram-se com tamanho afinco e disposição que seus corpos esvaídos de vida se esparramaram pelo chão completamente mutilados.

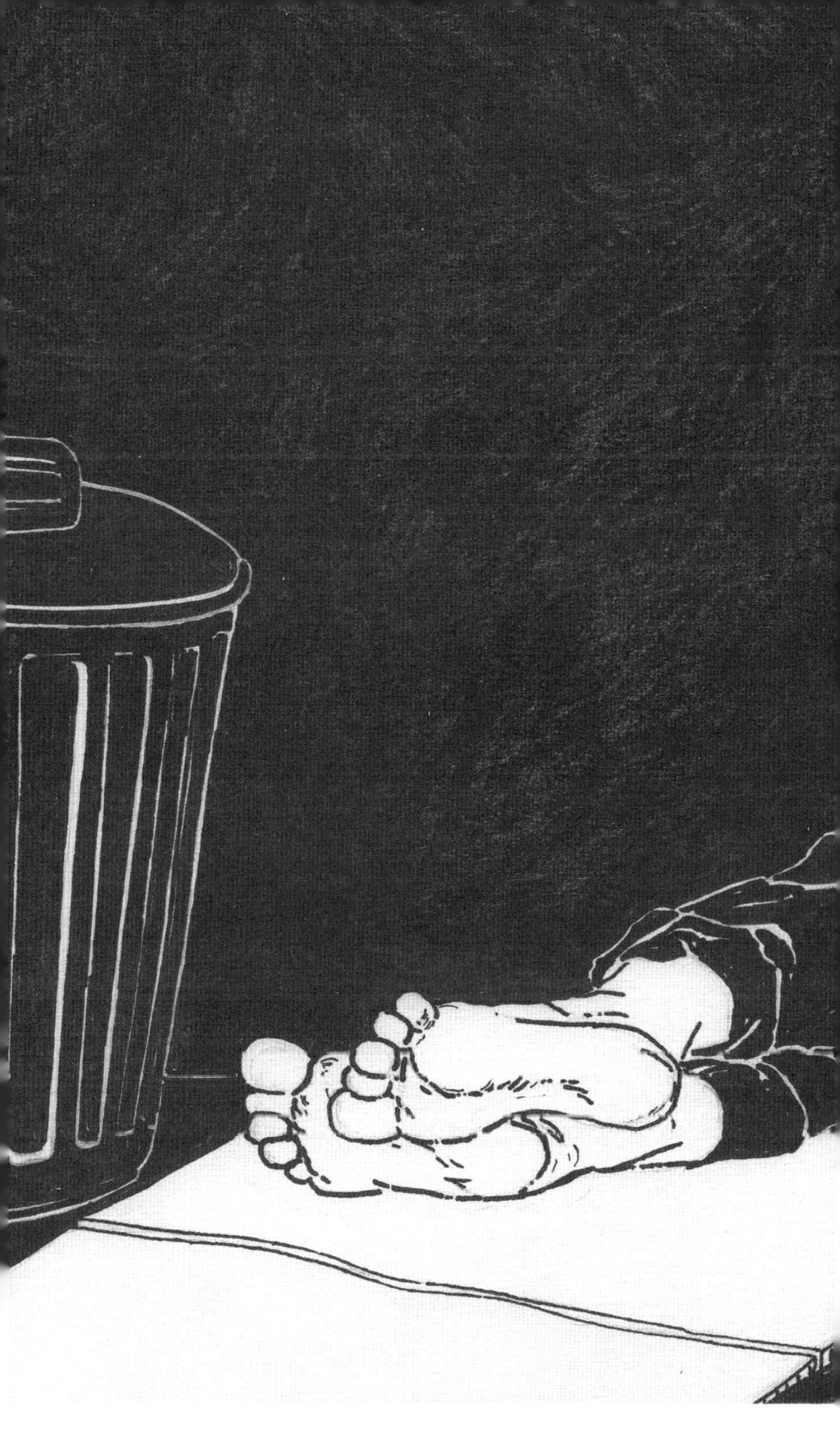

Era sábado

A coleta começava ainda de madrugada. Dois homens desciam apressadamente da traseira do caminhão, catavam os sacos de lixo e os atiravam na caçamba. Era assim a semana inteira. Encontram de tudo nas lixeiras, de modo que não estranharam quando, em uma manhã de sábado, se depararam com dois corpos em meio à sujeira. Um casal repousava tranquilamente. O motorista do caminhão, apressado, sugeriu que deixassem aquilo de lado e continuassem o trabalho. "O lixo é mais importante." Deu atenção somente quando um dos coletores propôs uma aposta: "Dez conto que eles estão mortos". "Vinte que eles estão apenas bêbados", retrucou o motorista da boleia. Ao remexer os corpos para certificar-se do óbito, a mulher levantou-se, gritando: "Há um pássaro azul em meu peito que quer sair, mas sou dura demais com ele [...]". Um dos coletores caiu no chão, assustado. O motorista perguntou o que estava acontecendo. "Nada demais", disse o outro coletor, "deu empate, apenas mais um cara morto em companhia de uma fã do BUKOWSKI".

"Dez conto que ela é uma prostituta", gritou da boleia. "Vinte que ela é uma beata com voto de castidade", disse o outro coletor, levantando-se após o susto. Todos riram. Surpreendentemente, mais uma vez deu empate.

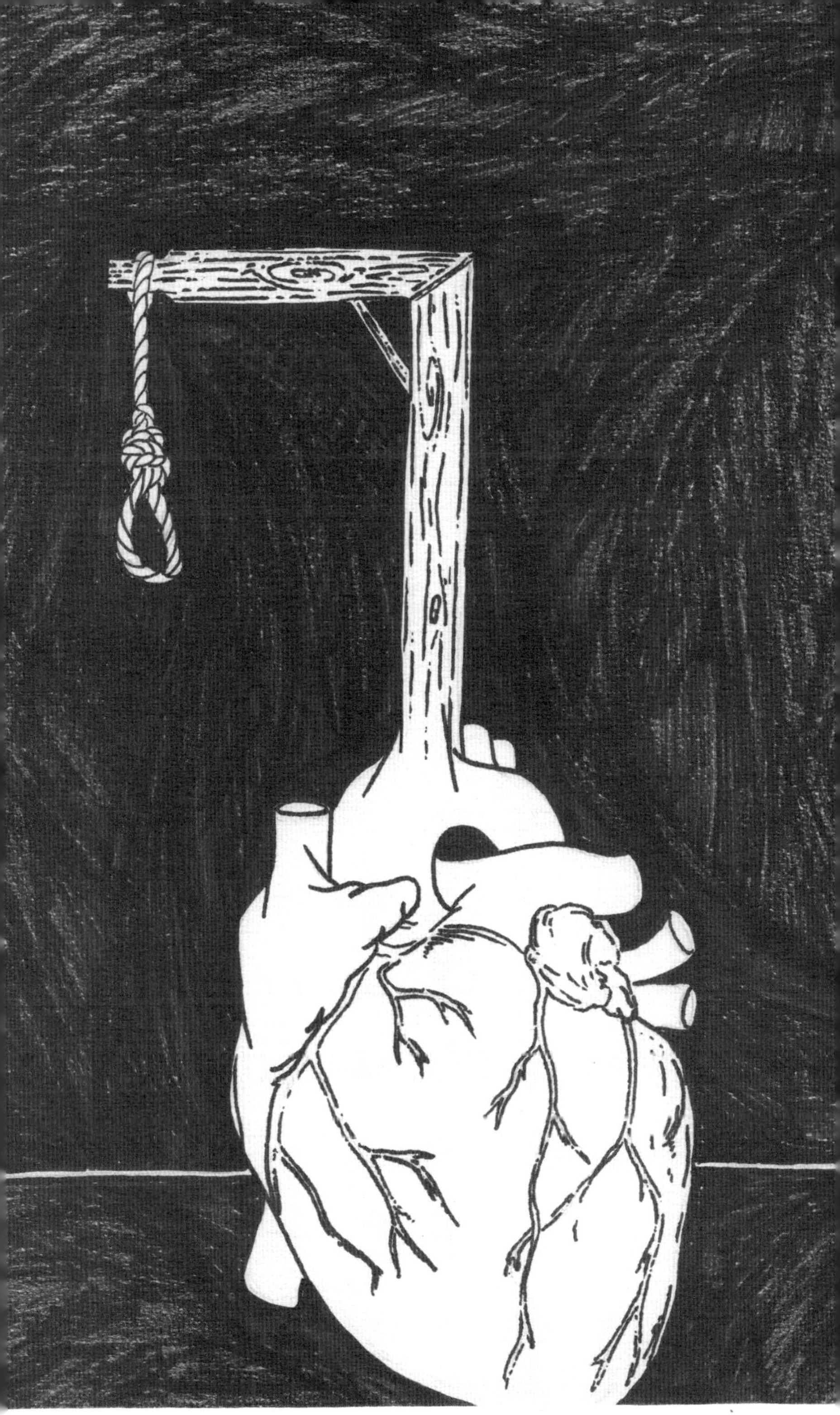

Maldição

Infeliz de natureza achou que seria uma traição uma futura felicidade do filho. Por isso, ao registrá-lo em cartório, decidiu chamá-lo BUKOWSKI.

A aula

— Conjugue o verbo BUKOWSKI no presente do indicativo.
— Eu Bukowisko, tu Bukowiskas, ele Bukowiska...
— Não!!! Errado.
Olhou para a moça alta, imponente, decidida e bela: — Conjugue você!
— Mas ela não serve, é puta!
— Exatamente!!!
De pé, a mulher girou e viu os outros na sala, todos muito recatados, em seus costumes muito rigorosos e suas predisposições à incoerente tarefa de aprender poesia. Voltou-se para o instrutor e passou indiscretamente a língua pelos lábios exageradamente vermelhos. Moveu as ancas para a esquerda, ficou sinuosa e terrivelmente sensual e dobrou a mão direita sobre a cintura. Disse:
— Eu Bukowski,
Tu Bukowski,
Ele Bukowski,
Nós Bukowski,
Vós Bukowski,
Eles Bukowski.

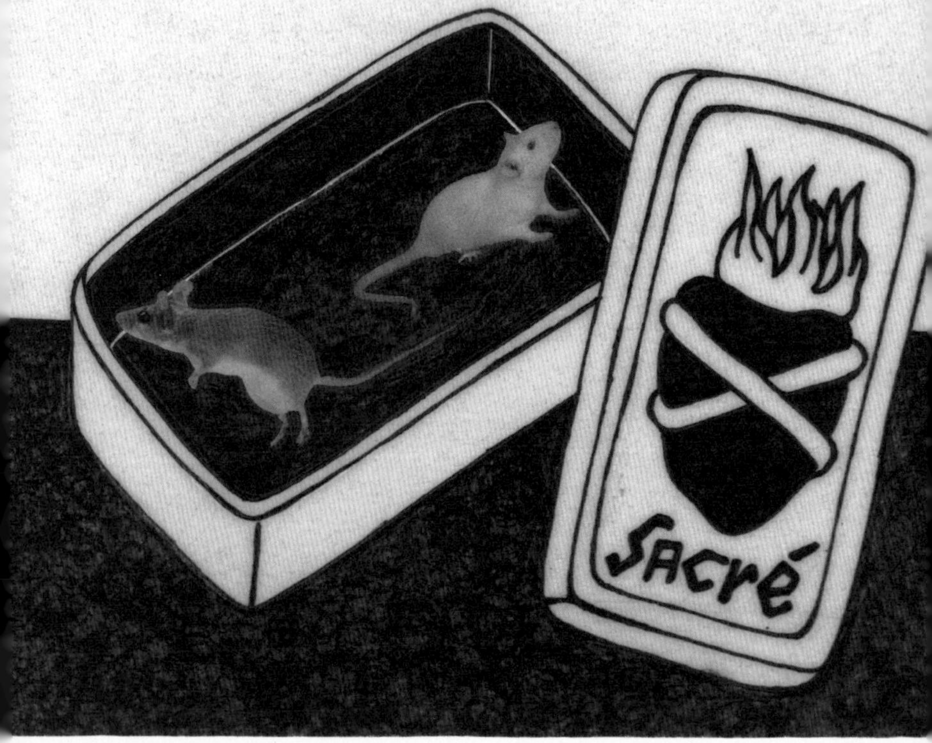
Sacré

Falso positivo

Coincidência é uma coisa difícil de explicar. Eu, particularmente, não acreditava nisso até conhecer um caso que abalaria a minha fé nos números. Até então, tudo era uma questão de probabilidade e estatística.

O caso em questão aconteceu com um sujeito de nome Estroncioélsio. Sua esposa, Mordiscunceia, estava saturada com a rotina do casamento e partiu em busca de aventuras extraconjugais. Até aí, tudo bem. Mera casualidade, coisas assim acontecem. A coisa ficou estranha quando ela encontrou uma ALIANÇA no quarto de motel. Nela estava grafada – pasmem – o nome dela e o do marido. A princípio, eu não consideraria isso incomum. Traições mútuas acontecem. Os dois escolherem o mesmo motel para os seus atos prova gostos parecidos. Não considero coincidência, também, ambos escolherem o mesmo dia da semana para isso. Era o dia em que alegavam maior ocupação. A escolha da suíte *master imperator faraônica de luxe* também ressalta a similaridade dos gostos.

A coisa ficou estranha mesmo quando, ao chegar em casa, Mordiscunceia perguntou sobre o paradeiro do marido. "No trabalho", obviamente. Ela mostrou, então, a peça encontrada. Ele alegou ainda não entender. Pois bem, somente depois de expor por completo a situação, ela reparou o dedo esquerdo anelar do marido devidamente preenchido com o símbolo daquela união. Agora me digam: qual a probabilidade de existir dois Estroncioélsios e duas Mordiscunceias? Essas coisas abalam as certezas de um homem.

O acordo

Cartório, registro, contrato. Igreja, juramento, testemunhas. Não precisavam de nada disso.

O que sentiam um pelo outro era o que tinham de mais forte que qualquer convenção. O amor era sua maior ALIANÇA.

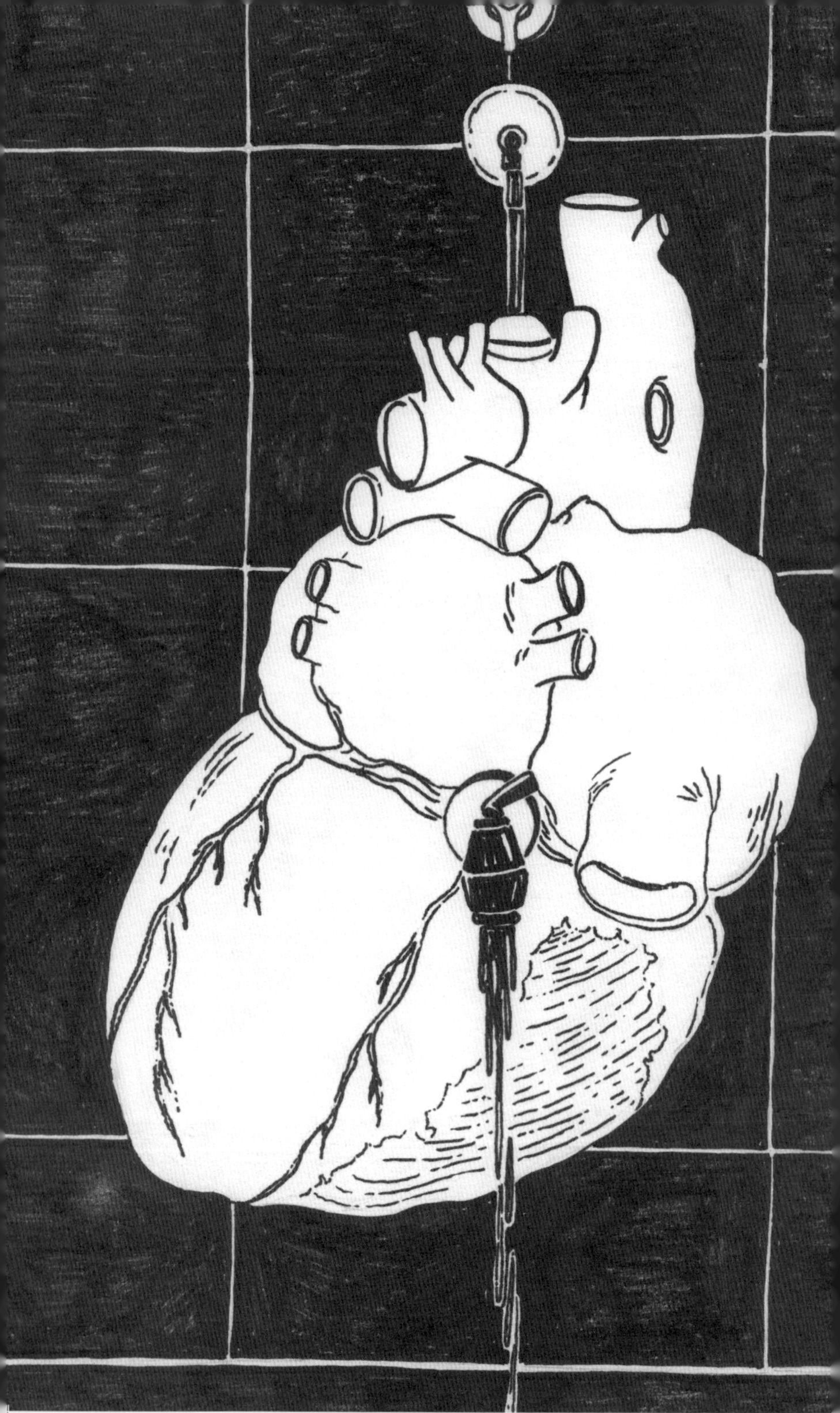

Os noivos

Se aquele círculo dourado, com uma inscrição interna indicando uma inquestionável posse, queria dizer algo, provavelmente não era sobre uma sublime ALIANÇA. O arco de ouro ligava-se ao dedo de maneira tão superficial quanto seu portador ligava-se à dona do nome riscado dentro do anel.

O outro, do mesmo metal e com a mesma finalidade, também dourado e ornando uma mão diferente, feminina, lasciva e determinada, tinha uma inscrição oportuna. Dizia: "O que é seu está guardado".

Pedra do tempo

A aparência demoníaca esculpida em rocha sólida e o ponto de vista privilegiado a condicionavam a observar inerte a praça em frente à igreja, com seu chafariz e os seres errantes em marcha contínua. Nobremente descrito como o guardião daquela catedral, não passava em realidade de um escoadouro de água da chuva. Como ali chovia pouco, não tinha motivos para reclamar de sua função. Ao escurecer, liberado do trabalho, flutuava pela cidade e por seu vazio de almas vivas.

Séculos se foram e seus olhos duros permaneceram alheios à condição do tempo e suas discretas mudanças. Dada ocasião, avistou algo distinto: um semelhante a perambular pela praça. Era diferente daquele do chafariz, condenado a encher a fonte *ad aeternum*. Via nele o contrário de si, locomovia-se à luz e recolhia-se à sombra. Os seres errantes lhe atiravam pedaços de metal e ele os recolhia. Para que uma pedra desejaria aquilo?

Encantou-se com seus sutis movimentos. Desejou animar-se pelo dia ou que ele o fizesse à NOITE para assim dividirem uma história. Compreendia a impossibilidade enquanto mantinha um fio de esperança. Dali a meio século ou um pouco mais, agora o tempo lhe fazia sentido, ocorreria um eclipse. Livres da condição de pedra bruta gozariam de alguns minutos um com o outro. Esperaria pacientemente. O que pode o tempo contra uma figura rochosa?

Camélia

Pouco vista nas ruas, entregue a atividades do lar que lhe consumiam os ânimos e lhe ofuscavam a beleza, com a morte dele ela saíra do casulo.

Livre da escravidão consentida e arregimentada por um documento assinado por ela mesma, tomara posse de si. Tamanha fora sua transformação que, por onde passa, deixa sua marca e seu cheiro.

É o desespero dos homens. É o pesadelo das mulheres. Aprendera muito bem a pisar nos corações.

Dos muitos títulos que angariara desde que seu marido se fora, o mais fiel ao que ela se tornara é: A Dama da NOITE.

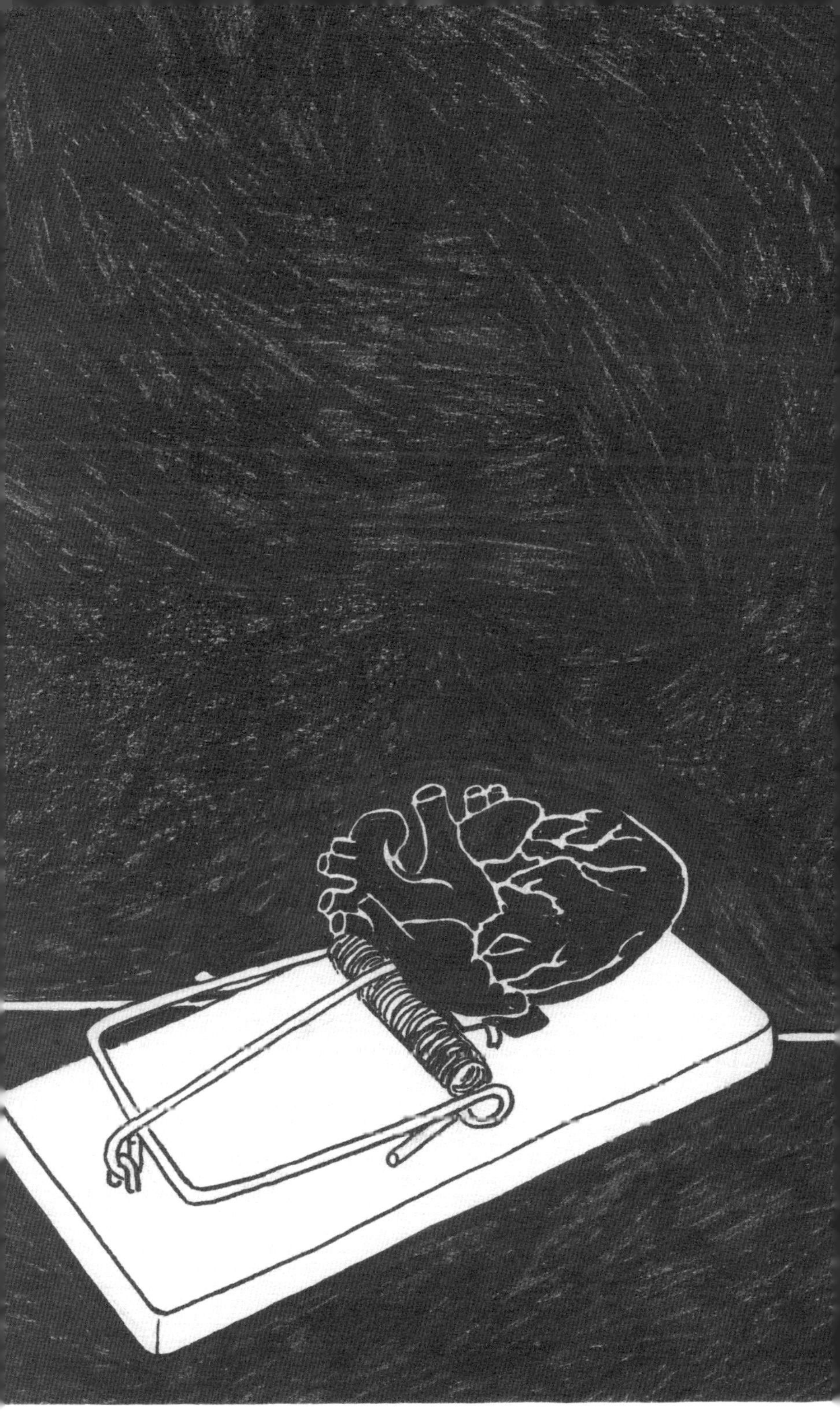

A queda

Não é absurdo pensar que a longuíssima NOITE da espera seja um amontoado de coisas escuras, da memória, uma superposição de tenebrosas cenas que, por ocasião da culpa, se depositaram uma em cima da outra formando uma obscura torre negra. O edifício se equilibra devido a uma sutileza impensada – os olhos que se escondem no breu absorvem o amante que sofre solitário. Entre antigos guardados que agora formam um círculo desajeitado de quinquilharias amorosas um objeto se destaca. A mulher não retorna e à medida que a madrugada chega, desde o início da noite mais longa que já existiu, o desejo de ódio tem tanta força que desvenda um enigmático artefato antigo. Uma joia diferente. Uma gargantilha perfeitamente produzida e bem cara. Um presente de outro e uma inscrição comprova que foi dado para selar um compromisso anterior. No quarto o esconderijo foi descoberto. Decepção! A consequência é um inevitável cansaço. Não é possível dormir quando é preciso esperar.

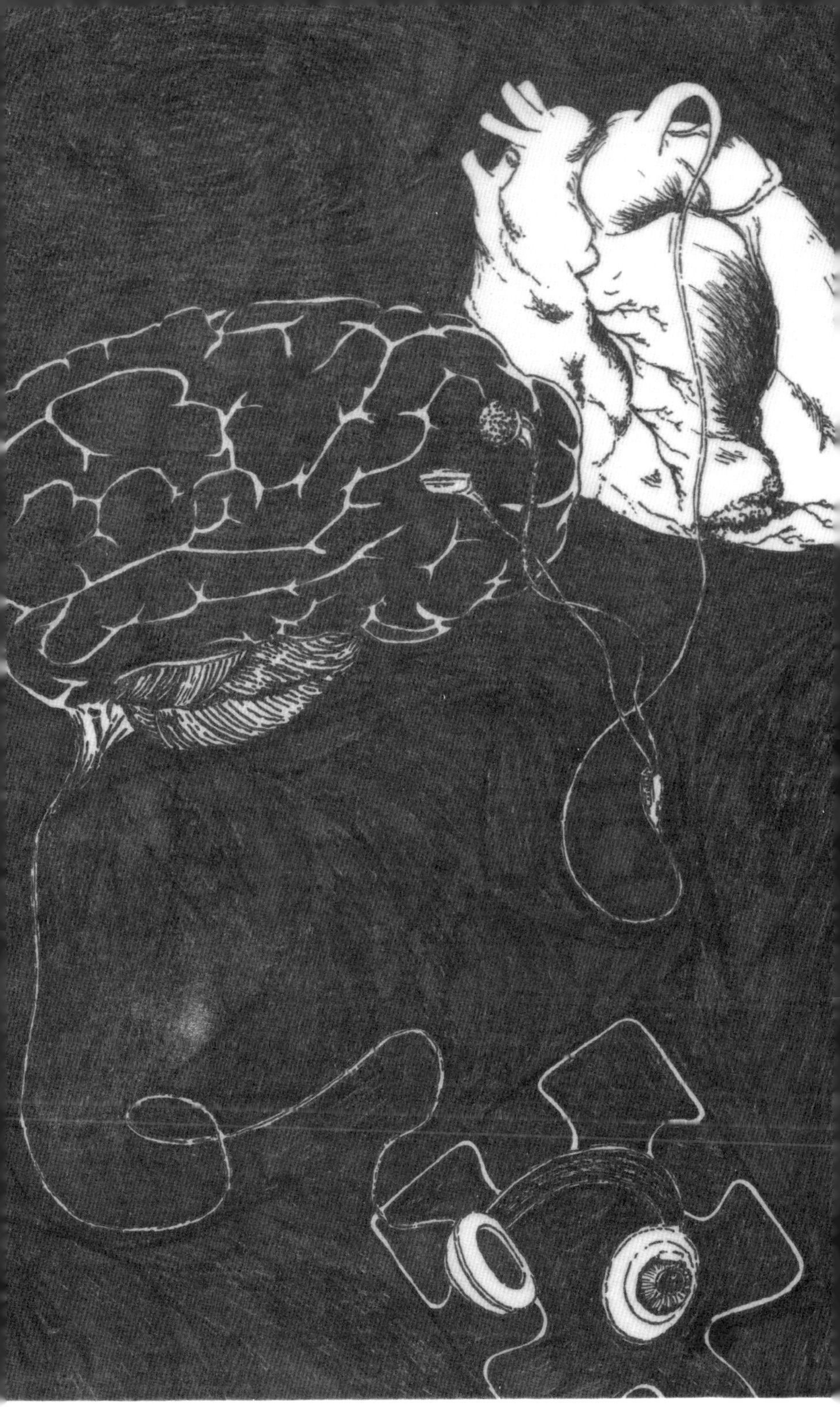

O diagnóstico

Suas mãos e um copo com uma bebida qualquer é minha primeira lembrança. Fui eu quem tomou a iniciativa e iniciou uma conversa precisa. A partir daquela noite nos aproximamos. Tornei-me acompanhante sempre que se perdia de si e do mundo. Seus amigos e familiares ignoravam os meus esforços e viam na ajuda médica a única solução possível para suas atitudes pouco convencionais. Chegou ao ponto em que eu, a contragosto, acabei concordando com eles.

Entramos na clínica de braços dados. Foram muitos exames e alguns poucos remédios para iniciar o tratamento. Não sei o que deu em mim, mas sumi por uns tempos depois daquilo. Só retornei quando fomos buscar os resultados dos exames.

"Esquizofrenia". Sua cara de surpresa refletia o emaranhado de dúvidas presente em sua cabeça. Para mim, no entanto, tudo ficou claro. Naquele MOMENTO percebi não ter lembranças anteriores àquela noite na qual tomei a iniciativa e iniciei uma conversa precisa.

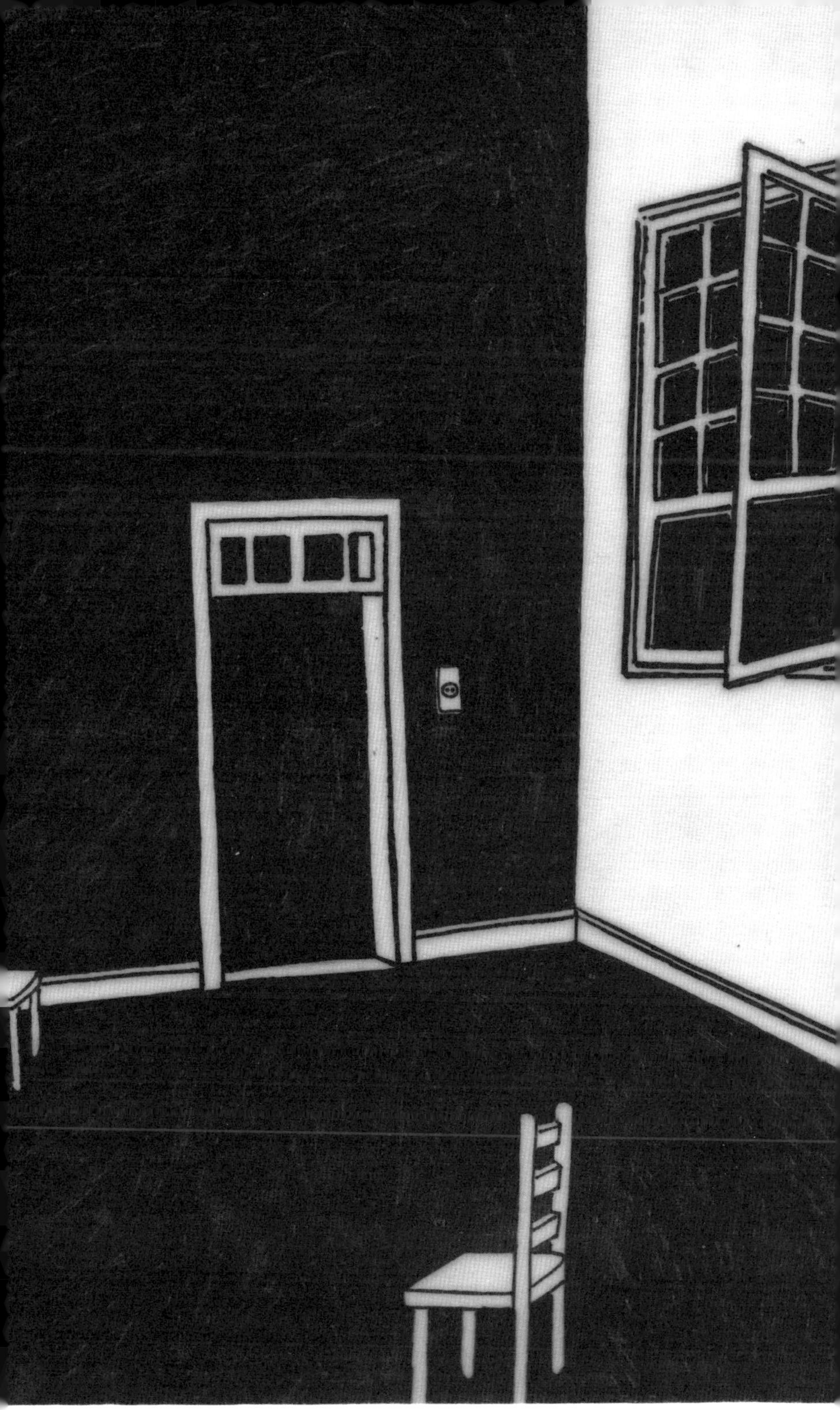

Instante

Bastou que ele perguntasse a ela a idade para que se quebrasse o MOMENTO de ternura até então instaurado entre ambos.

A estrada

Quando aqueles grandes homens alcançaram a estrada o dia já terminara. Os rostos sujos de terra e o suor que descia incessante pela face os tornavam simples. O resto de sol vermelho, também cansado, que se destacava no horizonte maculava as intenções. Agarrados à estrada, que lutaram para alcançar, eles entenderam que era necessário parar. A hora era oportuna para a reflexão, o MOMENTO era uma ruptura entre o efêmero e o eterno. Deixaram as armas no chão. Os pés cheios de sangue se entregaram a um fracasso notável. Olharam-se nos olhos como se olham velhos amigos, ou verdadeiros inimigos. Um era a lei, o outro, a maldade. A escuridão finalmente totalizou-se. Sem que pudessem distinguir o que era terra e o que era massa negra da noite fria que se instalara, deixaram seus corpos se desfazerem entre as pedras. Duras como a dureza de suas funções. Durou pouco. Um relincho fez a escuridão gemer e uma fina chuva de verão deitou sobre os homens uma camada muita viva de esperança. Por causa da desconfiança, retomaram com maos firmes suas facas exageradas. Apenas um seguiria viagem.

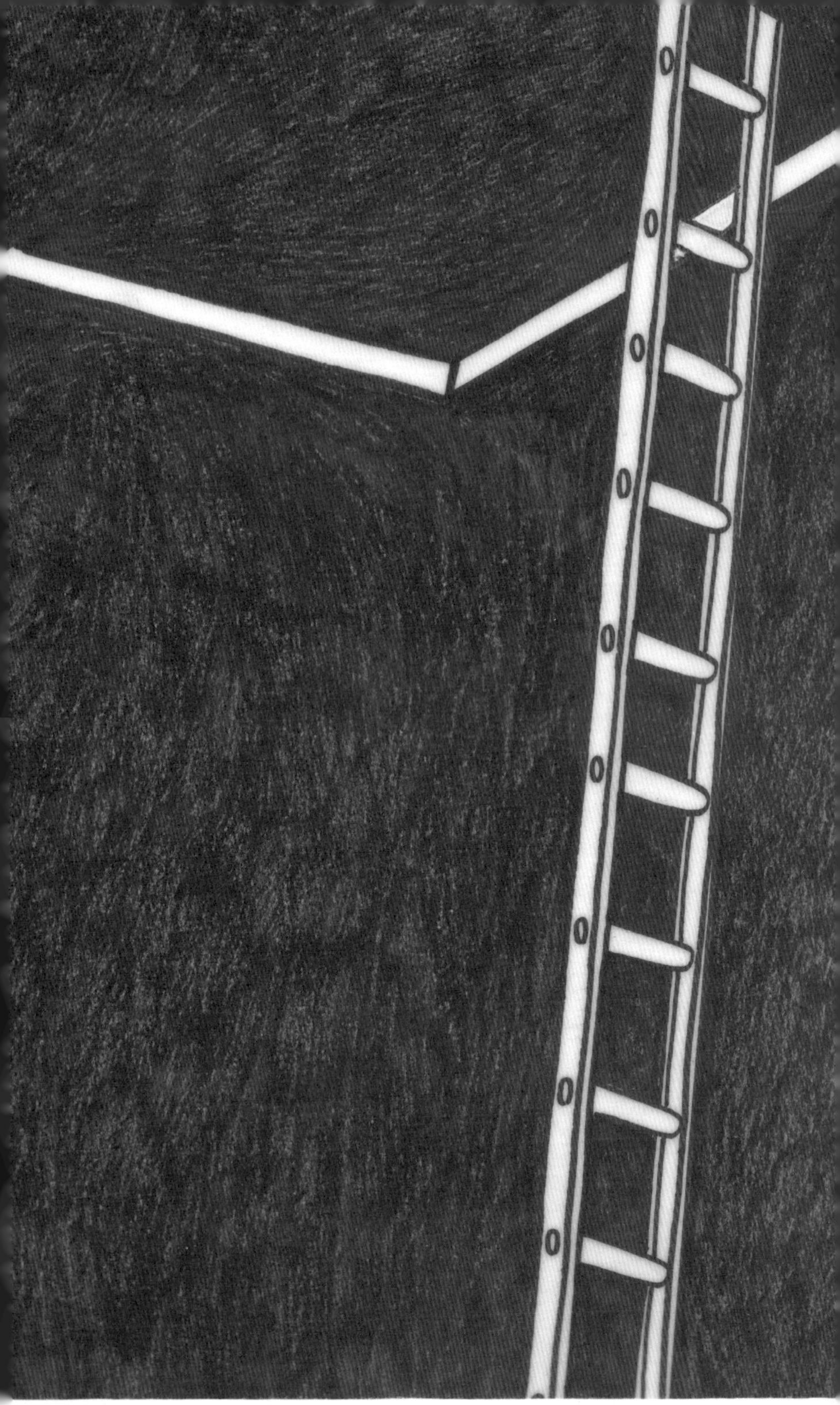

Wicca S.A.

O fato de Catherine D. ser marcada pelo ceticismo desde a infância não a impediu de ingressar em uma renomada e quase milenar instituição de feitiçaria. Contradições à parte, não se via como uma charlatã. Se seus amuletos e poções do amor não serviam nem como placebo, os abortos e as infusões para pequenas moléstias de saúde cumpriam bem sua função social. Incomodava um pouco as suas superioras o fato de participar mais de reuniões de sindicato do que dos rituais do conventículo. Não foi nenhuma surpresa quando foi chamada à sala da Alta Sacerdotisa.

Reza a lenda que apenas duas coisas motivavam singular convite: promoção ou expulsão da Ordem. A pessoa convidada dificilmente era vista novamente. Catherine há muito mostrava-se insatisfeita com os planos de carreira hierárquicos oferecidos pela instituição. A Alta Sacerdotisa, diziam, era centenária, mas mantinha uma aparência jovial. Estranha a afirmativa, já que ninguém a encontrava pessoalmente a não ser nas circunstâncias já mencionadas. A descoberta do elixir da vida eterna, o roubo da energia vital de pessoas jovens ou algum tipo de transmigração eram as especulações apontadas para tal fenômeno. Catherine não acreditava em nada daquilo, a não ser na probabilidade de demissão.

Foi bem recebida. A Alta Sacerdotisa era uma pessoa carismática e lhe ofereceu uma xícara de CHÁ. Para sua surpresa, ouviu da chefe reclamações relativas ao cansaço causado pelo trabalho excessivo. Seu corpo precisava de férias. Sem delongas, ofereceu seu cargo a Catherine. Um advogado saiu das sombras já com o contrato redigido. Embriagada pela possibilidade, não pensou duas vezes, espetou a ponta do dedo e seguiu a tradição da assinatura com sangue. Brindaram e selaram acordo. Em seguida, a Alta Sacerdotisa teceu elogios ao jovem corpo de Catherine e indagou sobre onde ela gostaria de curtir sua aposentadoria. Não era hora de duvidar de suas crenças, mas a ambiguidade daquela conversa lhe abriu novas perspectivas.

Receita secreta

Ninguém, nem mesmo quem com ela desde sempre convivera, jamais desvendara que o segredo para ser quem e como era estava no CHÁ.

A descoberta da monstruosidade

Das poluções noturnas de seus filhos, das madrugadas maldormidas por causa dos pesadelos sexuais tenebrosos, o pai e a mãe entenderam o significado de uma metáfora. O mais velho perdia-se em insuportáveis gritos estridentes, enquanto o mais novo balbuciava palavras sem sentido entre gemidos horripilantes. Toda essa rotina fazia os pais lembrarem que coisas parecidas foram vividas por eles em seus idos da juventude. Algo invertido, nada religioso, carregado de lascívia e erotismo. A exposição, os cigarros, o CHÁ de cogumelos, a perda completa da razão. Desde a manifestação das duas criaturas puras e recém-entradas na idade dos hormônios, cuja força do corpo e suas necessidades sobrepujam a mente, os pais retornaram às lembranças insanas e insuportáveis. O sofrimento dos filhos, eles compreendiam, desesperados, não passava de um castigo para um passado torpe de grandes irregularidades. Era preciso desanuviar, ver com clareza, saber a intenção da natureza, de Deus, dos deuses, do universo. Depois viram, e precisaram sofrer para isso também, que não eram tão importantes assim. Levaram os filhos para ver o mar à noite e deixaram que se banhassem nas águas salgadas completamente nus e que o mundo e os outros no mundo se interessassem por eles. Foi o abandono dos filhos que os curou.

À deriva

Nada como um aforismo para mostrar o quão raso, fútil e efêmero pode ser o conhecimento.

•

Morra de viver. Mas, viva!

•

Coisas que substituem o café: água filtrada e sorte!

•

Desnecessário a uma consciência tranquila ser fiel aos seus princípios. Fundamental mesmo é a fidelidade às pessoas, pois só estas podem exercer sobre o "traidor" o nobre peso da vingança.

•

As palavras são uma porta de mil fechaduras com apenas uma chave compatível.

•

*Para uma sessão de declamação de
poemas, não esqueça seu cachorro!*

•

*Morrer de amor e continuar vivendo
sempre será inconcebível.*

•

*Somos porções únicas de guloseimas
extremamente complexas.*

•

*Conviver com o outro é um fardo que
infelizmente temos que suportar.*

•

*Todo escritor sofre em demasia e
cronicamente de verborragia.*

•

Entre três pessoas que se ligam pela amizade, necessariamente uma delas deverá ser eliminada.

·

Seja feliz, mas mantenha isso em segredo.

·

Amor sem dor é o mesmo que boldo sem amargo ou pimenta sem picância.

·

Uma montanha também é um obstáculo.

·

A ocasião faz a oportunidade perdida.

·

Acreditar em Deus, no fundo, jamais deixou de ser acreditar unicamente em si mesmo.

·

O homem criou o tigre instintivamente à sua semelhança. O objetivo do tigre é devorar o homem.

.

Não existe doutrina mais extremista que o relativismo: estar disposto a aceitar a opinião alheia é de fato um ato de desespero.

.

Uma máquina é apenas um dispositivo que, enquanto não pensa, comporta-se melhor que o ser humano.

.

Um ser humano que não pensa comporta-se em equivalência a uma máquina.

.

01000001010011010100000101010 00001010101010100100101001110 01000001 (A máquina).

.

*À cumplicidade não é
necessário avalista.*

•

*A verdade sempre se abriga sob
o guarda-sol da ilusão.*

•

*Coragem e sinceridade, duas coisas
incompatíveis com uma vida longa.*

•

*Impossível admitir que já
nascemos mortos.*

•

*De todas as experiências volúveis e
passageiras a mais autêntica é a vida.*

•

A verdade é que a mentira é mais divertida, a mentira é que a verdade liberta.

•

Viver é sepultar-se um dia de cada vez.

•

Nos relacionamentos é a superposição de interesses que torna os sentimentos indistinguíveis.

•

Originalidade: replique essa ideia.

•

Quando acharmos que não temos mais nada, talvez enxerguemos que esta é a essência do tudo.

•

*O sonho é uma atividade do corpo.
Realizá-lo cabe à mente.*

•

*Prever o futuro é fácil, acertar a
previsão é que é o problema.*

•

*Se deténs total poder sobre ti mesmo,
não poderás vencer toda
e qualquer situação.*

•

*Bíblia, livro muito grosso.
Vida, livro muito fino.*

•

*Repetir frases feitas não te torna
inteligente. Repetir frases feitas não te
torna inteligente. Repetir...*

•

*Traga-me um copo de ilusão.
Com raspas de gelo e uma fatia de
limão, por favor.*

•

*Se andares pelo vale da sombra
e da morte, aproveite a vista.*

•

*Quem acredita em si acredita
em qualquer bobagem.*

•

*Entrega a tua existência ao ofício
da escrita, confia no verbo
e o mais ele fará.*

•

*Duas coisas não devem ser
compartilhadas: um bom vinho
e um bom conselho.*

•

Toda fé é inútil, tenho fé nisso.

•

*Se fracassares na tentativa de amar,
lembra-te de que: ainda há esperança,
porque o mundo ainda te reserva
cerveja, livros, chocolate e amigos.*

•

*A madrugada é, antes de tudo,
a noite envelhecendo.*

•

Sem doutrina não há pecado.

•

*Viva o hoje.
O amanhã pode não che...*

•

Se a vida fosse fácil, seria.

·

O plágio nada mais é do que aceitar a obra, mas discordar do autor.

·

Reticências são um ménage *entre três pontos finais.*

·

Dentre as inúmeras vantagens da invisibilidade destaca-se uma muito importante: a capacidade de não ver a si mesmo.

·

Não existe sabedoria em uma frase curta.

·

E disse o falso Messias do alto do palanque da sinagoga: "Armai-vos uns aos outros como eu me armei".

•

A imprudência no amor é o esporte mais radical que existe.

•

Tanto na história quanto na ficção é possível mentir, mas somente a história o faz de maneira eficiente.

•

Vida após a morte? Não! Prefiro crer em vida após o amor.

•

Aos revoltados, um brinde!

•

Ao contrário das palavras, nem todas as ações têm sentido.

•

Absolvamos os chatos. São os que menos nos aborrecem. Motivo: vivemos nos esquivando deles.

•

O grande defeito do virtuoso é sua incorrigível capacidade de sonhar.

•

Compartilhando propósitos e conectando pessoas
Visite nosso site e fique por dentro dos nossos lançamentos:
www.novoseculo.com.br

(f) Novo Século Editora
(@) @novoseculoeditora
(y) @NovoSeculo

Edição: 1ª
Fonte: Bell MT

gruponovoseculo.com.br